MARIE STUART

OPÉRA EN CINQ ACTES,

PAROLES DE M. THÉODORE ANNE,

MUSIQUE DE M. NIÉDERMEYER,

DIVERTISSEMENS ET MISE EN SCÈNE DE M. CORALLI.

PRIX : UN FRANC.

PARIS,

C. TRESSE, ÉDITEUR

DE

LA FRANCE DRAMATIQUE,

PALAIS-ROYAL, GALERIE DE CHARTRES, Nos 2 et 3,

DERRIÈRE LE THÉATRE-FRANÇAIS.

—

PERNIN, LIBRAIRE,

BOULEVART SAINT-MARTIN, No 3 ter,

PRÈS LA RUE DU TEMPLE.

—

1845

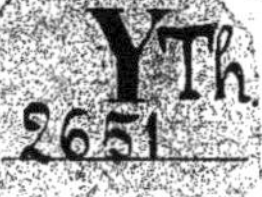

Gravé par N.Berthoud d'après l'original conservé dans la Galerie Bodleian à Oxford.

MARIE STUART.

MARIE STUART

OPÉRA EN CINQ ACTES,

Paroles de M. THÉODORE ANNE,

MUSIQUE DE M. NIEDERMEYER.

AVANT-PROPOS.

La vie de Marie Stuart, cette vie si pleine d'événemens, si intéressante et si agitée, a été, et est encore l'objet de beaucoup de controverses. Aucune reine n'a été servie avec plus d'abnégation et plus de dévoûment, ou poursuivie avec plus de cruauté. Aux yeux des uns, cette princesse infortunée fut une martyre de la foi catholique, et elle paya de sa vie la jalousie et la haine d'Élisabeth ; aux yeux des autres, elle est coupable de tous les crimes commis autour d'elle, et sous son règne. Il est bon toutefois de faire observer que, pour se faire pardonner leurs excès et leurs complots contre la fille des Stuart, les protestans avaient besoin de la calomnier, tandis qu'en l'honorant, les catholiques obéissaient à la foi qu'ils lui devaient comme reine, et à la sympathie que lui méritaient des souffrances endurées pour un dogme commun. La politique anglaise faisait en Écosse du prosélytisme protestant : elle voyait avec crainte, si près d'elle, une reine catholique, dont les droits inquiétaient la fière Élisabeth ; l'Angleterre voulut faire de Marie Stuart, sa vassale ; ne pouvant y réussir, elle renversa cette malheureuse reine et, l'ayant attirée sur son territoire, elle la tua.

A cette époque (dernière moitié du XVIe siècle), le monde, agité par les querelles religieuses, les vidait d'une manière barbare. On ne cherchait point à lutter par le raisonnement : la force décidait seule, mais non pas seulement la force franche et loyale ; le poignard ou le poison tranchait ce que l'épée était impuissante à atteindre. Tous les moyens étaient bons, quand on parvenait à se défaire de son ennemi.

Marie Stuart n'est point une étrangère pour nous. Elle fut nationalisée, non pas seulement comme fille de cette maison de Lorraine qui disputa un instant le trône au dernier des Valois, non pas encore comme dauphine et comme reine, mais par l'ardent amour qu'elle montra constamment pour cette France, que, dans son langage naïf, elle appelait « sa patrie la plus chérie, qui avait nourri sa jeune enfance! » A toutes les époques de sa vie, cet amour pour la France apparaît dans l'histoire de Marie Stuart. Heureuse, il lui manque de jouir de son bonheur en France ; persécutée, elle cherche à endormir ses douleurs, en pensant à la félicité que la France lui avait offerte.

Marie Stuart, fille de Jacques V, roi d'Écosse, était en outre de la maison d'Angleterre par son aïeule paternelle, Marguerite, fille aînée d'Henri VII et femme de Jacques IV ; et par sa mère, Marie de Lorraine, elle était à la fois de la maison de Guise et de la maison de Bourbon, Marie, femme de Jacques V, étant fille de Claude, duc de Guise, et d'Antoinette de Bourbon, tante d'Antoine de Bourbon, roi de Navarre, père d'Henri IV.

Deux points principaux dans l'histoire de Marie Stuart ont préoccupé l'opinion publique. Elle a été accusée d'avoir traîn Darnley, son mari, en répondant à l'amour que Rizzio, son secrétaire, aurait eu pour elle, et d'avoir épousé Bothwell, après que Darnley aurait péri victime d'un complot fomenté par Bothwell.

Une histoire d'Écosse a été publiée, en 1840, par M. Tytler, et la *Revue d'Edimbourg*, en rendant compte de cet ouvrage, dans un article que la *Revue Britannique* a traduit, dit qu'il contient des pièces inédites, qui lavent Marie Stuart de tout soupçon de complicité dans le meurtre de Darnley. C'est dans cette histoire que l'auteur de l'opéra de Marie Stuart a puisé, et c'est appuyé sur M. Tytler, qu'il a voulu montrer l'innocence d'une reine injustement persécutée.

Henri Stuart, lord Darnley, qui, en épousant Marie, prit le titre de roi Henri, était le fils du comte de Lennox ; sa mère, après Marie Stuart, était la plus proche héritière du trône d'Angleterre. Agé seulement de dix-huit ans, d'une belle taille, doué de toutes les grâces extérieures, il prouva par la suite qu'il était complétement dépourvu de bonnes qualités, soit du cœur, soit de la tête. Quelques mois s'étaient à peine écoulés, qu'il fit éclater son ingratitude envers la reine. S'abandonnant à l'ivrognerie et à une basse débauche, il déserta sa société et la traita même avec grossièreté en public. Aspirant ouvertement à la « couronne matrimoniale, » c'est-à-dire à partager le gouvernement avec sa royale compagne, plus il se montrait incapable d'exercer le pouvoir souverain, plus il semblait jaloux de s'en emparer.

Incapable de diriger aucune des factions de l'Écosse, ce jeune insensé se laissa maintes fois aller à leur servir d'instrument, et fut toujours facilement leur dupe. La reine avait pour secrétaire étranger un Milanais nommé David Rizzio, sorti d'un rang subalterne, et élevé trop haut par la faveur pour ne pas avoir de nombreux ennemis. Le parti protestant vit ou affecta de voir en lui un agent secret de Rome ; ce parti s'alarma de cette rapide élévation d'un étranger et d'un catho lique, à une époque où s'organisait une ligue contre la religion réformée.

Que firent ses ennemis? Ils persuadèrent à Darnley que Rizzio était le seul obstacle entre lui et la « couronne matrimoniale; » mais, voyant que ce motif n'était pas suffisant pour émouvoir le roi, ils abusèrent de sa crédulité, en supposant que cet Italien, *homme assez âgé, laid, morne et mal-plaisant,* comme l'appelle un contemporain, l'avait supplanté dans l'affection de la reine. Il est aujourd'hui superflu de laver Marie Stuart de cette calomnie; mais Darnley, aveuglé par l'ambition et la colère, entra dans un complot pour assassiner le favori étranger, et, selon la coutume féroce de ces temps-là, signa deux pactes (*bands*) ou ligues d'assistance mutuelle avec plusieurs membres de la cabale ennemie de la reine, qui étaient le comte de Morton, alors chancelier du royaume, lord Ruthwen, et même le frère naturel de Marie, lord James, créé par elle comte de Murray. Cette conspiration d'assassins fut bien connue et approuvée, non seulement par John Knox, le grand fondateur de l'Église réformée d'Écosse, mais encore par l'agent d'Élisabeth, Randolph, qui envoya à Cecil, son ministre, la liste des noms que nous venons de citer. Sa lettre, publiée par M. Tytler, fait assez voir le secret de cette coalition d'intérêts si opposés, de passions si diverses. La jalousie d'un jeune fou, la rébellion d'un frère ingrat, le fanatisme religieux, l'intrigue étrangère, se trouvaient d'accord pour punir un adultère supposé.

Nous emprunterons à M. Tytler le récit de cette scène tragique:

« Le samedi soir sur les sept heures, quand il fut nuit, les comtes de Morton et de Lindsay, avec cent cinquante hommes portant des torches et des armes, occupèrent la cour du palais d'Holyrood, s'emparèrent des portes sans résistance, et les fermèrent pour ne laisser pénétrer que les leurs. En ce moment, Marie était à souper dans un petit boudoir ou cabinet attenant à sa chambre; elle avait auprès d'elle la comtesse d'Argyle, l'abbé commendataire d'Holyrood, Beaton, majordomie, Arthur Erskine, capitaine des gardes, et le secrétaire Rizzio. La chambre à coucher communiquait par un escalier secret avec l'appartement du roi, au dessous; c'était là que les conspirateurs avaient été admis par Darnley, qui monta le premier, écarta la portière en tapisserie, et, entrant dans le boudoir où était Marie, s'assit à table auprès d'elle, après avoir passé tendrement ses bras autour de sa taille. Une minute s'était à peine écoulée, lorsque Ruthwen entra brusquement, revêtu d'une armure complète. Marie, alors enceinte de sept mois, tressaillit avec effroi, et lui commanda de se retirer; mais, avant qu'elle eût achevé sa phrase, on vit luire des torches dans l'antichambre, on entendit un bruit confus de voix et d'armes; Georges Douglas, Car de Faudonside et d'au-

tres conspirateurs fondirent dans le cabinet.

» Ruthwen alors tira sa dague, et, déclarant qu'ils avaient affaire à Rizzio, fit un effort pour le saisir, tandis que le malheureux, s'élançant derrière la reine, s'attachait à sa robe, et, dans son langage moitié italien, moitié français, s'écriait: *Giustizia! giustizia! Sauvez ma vie, madame, sauvez ma vie!* Tout fut alors tumulte et confusion. En vain Marie implora la merci de ces hommes; sourds à ses supplications, ils renversèrent la table et les lumières. Douglas poignarda la victime par dessus son épaule; Car de Faudonside, lui appuya un pistolet sur la poitrine; et, sans pitié pour ses cris de terreur, on arracha Rizzio sanglant, qui embrassait ses genoux; on le traîna avec des clameurs et des exécrations, à travers la chambre à coucher, jusqu'à la salle d'audience: là, Morton et ses complices, se précipitant sur leur victime, lui enfoncèrent leurs dagues dans le corps. Telle était leur férocité, telle était leur ardeur à frapper, qu'ils se blessèrent les uns les autres, et ils ne regardèrent leur acte accompli qu'après avoir percé Rizzio de cinquante-six coups, le laissant mutilé dans une mare de sang, avec le poignard du roi dans une de ses plaies, pour montrer, comme on l'allégua plus tard, qu'il avait sanctionné le meurtre. »

Marie était alors enceinte de plusieurs mois; cette scène produisit sur elle un tel effet, qu'elle faillit en perdre la raison!... Longtemps même, après le rétablissement de sa santé, il lui resta de cet assassinat un tel souvenir, que la vue d'un poignard la faisait tomber dans un état voisin de la folie! Cette impression se communiqua à l'enfant qu'elle portait dans son sein. Jacques VI d'Écosse (Jacques Ier d'Angleterre) était saisi d'un tremblement convulsif à l'aspect d'une lame d'épée ou de dague.

Les souffrances de Marie finirent par attendrir Darnley. Marie lui représenta qu'il n'était que l'aveugle instrument de leurs communs ennemis. S'ils avaient calomnié son honneur d'épouse, mis en péril sa vie et celle de son enfant, pouvait-il croire que leur ambition hésiterait à le perdre à son tour, quand il serait le seul obstacle à leurs desseins perfides? Persuadé par la voix de la vérité, alarmé pour lui-même, Darnley se réfugia dans la ressource ordinaire d'un esprit faible.., dans le mensonge. Il nia s'être concerté d'avance avec les conspirateurs, et consentit à trahir ses complices aussi facilement qu'il avait consenti à trahir sa royale compagne.

Ceux-ci se réunirent chez Morton, où ils trouvèrent le frère de Marie, lord Murray, revenu à Edimbourg, la veille du meurtre, pour en recueillir le fruit, quoiqu'il eût évité d'y participer ostensiblement. Là, tenant conseil, ils convinrent que Marie serait conduite au château de Stirling, et qu'ils la forceraient de renoncer à la couronne en faveur de Darnley, sous le nom duquel ils régneraient eux-mêmes. Mais Marie s'était défiée de leurs manœuvres ; ayant fait semblant de se coucher, elle se leva vers minuit, et, montant à cheval, se sauva à Dunbar, suivie de Darnley et d'un seul serviteur. Le lendemain matin, la nouvelle de sa fuite se répandit rapidement : les nobles encore fidèles, entre autres les comtes de Bothwell et d'Huntley, accompagnés de leurs vassaux, se rallièrent autour de la bannière royale ; Marie se vit à la tête d'une armée de huit mille hommes pour rentrer dans sa capitale. Morton, Ruthwen, Lethington et les autres conspirateurs se réfugièrent en Angleterre ou dans les montagnes d'Athol. Lord Murray seul, proclamant tout haut son horreur du meurtre, attendit sa sœur, et parvint à rentrer dans ses bonnes grâces.

Quant à Darnley, les complices qu'il avait trahis le dénoncèrent à leur tour, et firent passer sous les yeux de Marie le pacte signé par lui pour l'assassinat de Rizzio !... Faut-il s'étonner dès lors du mépris et de l'aversion qu'un pareil époux inspirait à la fille de Jacques V ?

Aussi, un rival sérieux commença-t-il à le remplacer dans l'imagination d'abord, et peu à peu dans le cœur de Marie ; c'était le comte de Bothwell, un des nobles constamment restés fidèles à la reine, quoique appartenant à la religion réformée. Il était le chef de la maison de Hepburn, et seigneur de vastes domaines. Nommé gouverneur des frontières, amiral du royaume par droit d'hérédité, il était âgé de moins de trente ans. L'ambassadeur d'Angleterre à Paris disait de lui dans une dépêche : « Le comte de Bothwell est parti pour l'Écosse ; il s'est vanté d'aller y faire de grandes choses, et d'y vivre en dépit de tous : c'est un jeune homme glorieux, téméraire, et aimant les hasards. » À le juger par toute sa vie, un indomptable courage semble avoir été sa principale vertu. Audacieux, actif, subordonnant son goût des plaisirs licencieux à son ambition ; joignant aux manières franches et lestes du soldat les manières insinuantes du gentilhomme, il était expert dans les ruses d'amour dont un séducteur se sert sans scrupule pour perdre l'autre sexe.

Est-il surprenant qu'un pareil homme soit parvenu à dominer Marie, indignée qu'elle devait être de la bassesse et de la lâcheté de son époux ?

Bothwell ayant été grièvement blessé dans un combat contre des maraudeurs qui dévastaient les frontières, la reine alla le visiter dans son château de l'Ermitage ; à peine guéri de sa blessure, celui-ci s'empressa de venir remercier sa souveraine de l'honneur qu'elle lui avait fait. Sa faveur paraissait au comble.

L'intrigant Lethington jugea l'occasion favorable pour conseiller à Marie de divorcer. Il devina le double intérêt de Bothwell et de Murray, les flatta chacun à part, et se ligua avec eux pour entraîner la reine. Marie, fort indécise, répétait qu'elle n'était arrêtée que par la crainte de porter préjudice aux droits de son fils ; car les raisons ne lui manquaient pas contre Darnley. « Madame, répondit Lethington, ne songez-vous pas que nous » sommes ici les principaux de la noblesse et » du conseil de Votre Grâce ? Ne saurons- » nous pas bien trouver le moyen d'assurer » les droits de votre fils ? Lord Murray, ici » présent, qui n'est guère moins scrupuleux » comme protestant que Votre Majesté com- » me papiste, nous regardera à travers ses » doigts, ne verra rien, et nous laissera » faire. »

Là-dessus, la reine déclara qu'elle défendait qu'on entreprît rien qui pût jeter aucune tache sur son honneur ou sa conscience. Mais l'adroit Lethington, se renfermant dans une réponse ambiguë et vague, lui dit : « Ma- » dame, laissez-nous conduire cette affaire, » et Votre Grâce n'en verra sortir rien que » de bon et approuvé par le Parlement. »

Probablement voulait-il se faire autoriser à agir désormais seul avec ses complices, sans avoir à lutter contre les scrupules de la reine. Interprétant donc tout ce qui s'était dit dans cette conférence selon ses secrets projets, Lethington arrêta, avec les conjurés, qu'ils se déferaient de Darnley, soit par le divorce, soit par le meurtre. Après y avoir bien réfléchi, ce second moyen leur parut le plus expéditif. Un *pacte*, rédigé par sir James Balfour, dénonçait le roi comme un jeune fou, un orgueilleux et un tyran, et, comme tel, voué à la mort. Les hommes qui juraient de le tuer s'engageaient réciproquement à s'entr'aider avant comme après le meurtre.

La veille du jour fatal, le comte de Murray quitta Edimbourg sous prétexte d'aller à Saint-Andrews voir sa femme. Instruit du crime, il ne se souciait ni d'en être le témoin, ni de l'empêcher.

Nous emprunterons encore à M. Tytler quelques détails sur la dernière scène de cette noire tragédie :

« Le dimanche 9 février, un des serviteurs de la reine devait être marié à une de ses femmes favorites, et Marie, pour célébrer leur union, leur avait promis un *masque* [1]. Elle passa la plus grande partie de la journée avec le roi ; Hay de Tallo, Hepburn de Bolton et autres sicaires pénétrèrent secrète-

---

(1) *Un masque* était une espèce de représentation scénique dont les personnages, en général allégoriques, avaient des costumes indiquant l'esprit de leur rôle. Le poète de la cour composait ces pièces pour la circonstance. Quelques unes ont survécu dans la littérature anglaise, entre autres les *masques* de B. Jonson. En Écosse, à cette époque, le *masque*, subissant l'influence de la réforme, empruntait souvent ses sujets à la Bible, et se rapprochait des anciens mystères. Ainsi, on représenta entre autres devant Marie Stuart un *masque* de *Dathan et Abiron*.

ment dans la chambre située sous celle du roi, où ils déposèrent une grande quantité de sacs de poudre. Ils arrangèrent une traînée de poudre allant joindre une mèche, et préparèrent tout pour une explosion. Cela fait, quelques uns de ces hommes s'éloignèrent ; mais il en resta deux pour faire le guet.

» Après le départ de la reine pour le *masque* qu'elle donnait aux nouveaux époux, Darnley se coucha et s'endormit. Taylor, son page, était près de lui dans le même appartement. Les meurtriers, cachés dans la chambre au dessous, saisirent ce moment pour accomplir leur horrible dessein ; le malheureux prince fut réveillé par le bruit de leurs fausses clés dans la serrure. Il se leva précipitamment ; en chemise et avec sa seule pelisse par dessus, il essaya de s'échapper. Arrêté au passage, il fut étranglé, ainsi que son page, après une résistance désespérée. On retrouva leurs corps dans le jardin.

» Après le meurtre consommé, on mit le feu à la mèche. La ville endormie fut réveillée par un bruit semblable à un coup de tonnerre. La maison du roi avait sauté en l'air, et les assassins, s'esquivant en toute hâte, regagnèrent le palais à la faveur de la nuit. Huntley, Bothwell et d'autres seigneurs se rendirent aux appartemens de la reine, et apprirent à Marie la fatale destinée de son mari. Elle fut frappée d'horreur, s'enferma dans sa chambre, et parut accablée. »

L'attention désormais se porta sur la conduite de la reine et de ses ministres. Selon le docteur Lingard, *Marie agit tout d'abord comme aurait agi toute femme innocente.*

Le meurtre avait eu lieu le lundi ; le mardi, la reine en avait écrit la nouvelle à Paris, annonçant, dans sa dépêche, que le conseil privé faisait diligence pour découvrir les meurtriers, et qu'elle était résolue à en tirer une vengeance exemplaire. Faisant allusion, en termes de reconnaissance pieuse, au danger qu'elle avait couru elle-même, elle ajoutait : « Nous ne sommes pas demeurée toute la nuit à Kirk of Field, parce que nous allions assister à un masque au palais d'Holyrood ; c'est un grand hasard, ou plutôt, nous ne croyons pas que ce soit le hasard, mais Dieu qui nous a mis cela en tête. » — Le lendemain, une proclamation offrit 2,000 l. de récompense à quiconque donnerait quelque renseignement sur la catastrophe de la nuit du 9 février. Le 15, le corps de Darnley fut enseveli dans la chapelle d'Holyrood.

Que se passa-t-il alors dans l'esprit de Marie ? Instruite de la vérité, d'une vérité terrible, qui devait entraîner la perte de son frère et celle de Bothwell, tous deux dénoncés comme auteurs du meurtre, par le comte de Lennox, père de Darnley, voulut-elle jeter sur ce sanglant mystère un voile impénétrable ?

ou bien, trompée, fascinée par l'ascendant de ces deux hommes, crut-elle fermement à l'innocence de Bothwell ?... Cette question restera toujours indécise ; mais ce qui est bien certain, ce qui est désormais acquis à l'histoire, c'est que si elle ne continua pas avec assez d'énergie les poursuites commencées contre les assassins de son mari, elle n'avait pris du moins aucune part au crime.

Quant à Bothwell, qu'elle fit la faute d'épouser plus tard, il ne lui était connu jusqu'alors que par un dévoûment à toute épreuve, et par les qualités chevaleresques qui manquaient précisément à Darnley. Elle l'aimait ; ses poésies le prouvent assez clairement. Il n'est donc pas étonnant qu'elle ait accordé plus de confiance à ses protestations qu'aux accusations de ses ennemis.

Ce qui, d'ailleurs, à défaut d'autres preuves, suffirait pour démontrer que Marie croyait à l'innocence de Bothwell, c'est précisément l'énergie avec laquelle elle crut devoir opposer, aux discours et aux pamphlets de ses ennemis, des témoignages de confiance, publics et éclatans.

Complice de Bothwell, elle n'aurait certainement pas osé étendre les prérogatives de sa charge d'amiral, lui donner la seigneurie de Dunbar, le château de Blacknees et la seigneurie souveraine de Leith, pendant qu'il était sous le coup d'une accusation d'assassinat ; tandis qu'au contraire, convaincue de son innocence, elle croyait faire un acte de justice et de courage en donnant, pour ainsi dire chaque jour, un nouveau démenti à des accusations qu'elle croyait calomnieuses.

Il faut remarquer d'ailleurs que, de son côté, loin d'avouer le crime, Bothwell ne négligeait rien pour en repousser le soupçon ! Il demanda lui-même à être mis en accusation, et obtint une reconnaissance solennelle de son innocence! Il fit plus, au sortir d'une séance des Etats du royaume, il réunit dans un banquet l'élite de la noblesse ; et, à la suite de ce banquet, fut adressée à la reine une lettre signée de tous les convives, lettre par laquelle ils déclaraient qu'ils tenaient tous Bothwell pour le seigneur le plus digne de succéder à Darnley.

C'en était assez, sans doute, pour enlever à Marie tout soupçon contre un homme qu'elle n'était que trop disposée à aimer !... Si donc le mariage qui suivit de près ces événemens fut une faute qu'on voudrait effacer de l'histoire de Marie Stuart, il est certain que ce ne fut pas un crime ; et cette faute n'a été que trop cruellement expiée !

C'est ici le cas de dire, avec la *Revue d'Édimbourg* : « Si Marie doit être condamnée pour cette imprudence, que ce soit du moins à errer avec la coupable mais douce Francesca du Dante ! »

MARIE STUART

OPÉRA EN CINQ ACTES,

PAROLES DE M. THÉODORE ANNE,

Musique de M. NIEDERMEYER,

DIVERTISSEMENS ET MISE EN SCÈNE DE M. CORALLI,

Décors (1er et 4e actes), de MM. SÉCHAN, DIÉTERLE et DESPLÉCHIN,

(2e, 3e et 5e), de MM. PHILASTRE et CAMBON,

Exécuté pour la première fois, à Paris, sur le théâtre de l'Académie royale de Musique, le 6 décembre 1844.

> « Ceux qui vousdront jamais escrire de ceste illustre reyne d'Écosse, en ont deux très amples subjets, l'un celuy de sa vie et l'autre celuy de sa mort, l'un et l'autre très mal accompaignés de la bonne fortune. »
>
> (BRANTOME, *Dames Illustres.*)

Personnages.	Acteurs.
LE COMTE DE BOTHWELL, seigneur écossais..	MM. GARDONI.
JACQUES STUART, comte de Murray, bâtard de Jacques V, roi d'Écosse	BARROILHET.
LE COMTE DE RUTHWEN, seigneur écossais, partisan de l'Angleterre.	LEVASSEUR.
HENRI STUART, comte de Darnley.............................	LATOUR.
CECIL, comte de Burleigh, ministre d'Élisabeth..................	SERDA.
DAVID RIZZIO, secrétaire de Marie Stuart.....................	MARTIN.
Sir HAMILTON, gouverneur du château de Loch-Leven..........	F. PRÉVOST.
ROBERT MELVIL, intendant du palais de Marie Stuart...........	CANAPLE.
LORD SEYTON, partisan de Marie Stuart.............	OBIN.
RANDOLPH, officier anglais..................................	MOLINIER.
LE COMTE DE MORTON...	BRÉMONT.
DOUGLAS,	OCTAVE.
HUNTLEY, seigneurs écossais	MENGHIS.
ATHOL,	SERDA.
GORDON,	KOENIG.
MARIE STUART, reine douairière de France et reine d'Écosse.....	Mmes STOLTZ.
ELISABETH, reine d'Angleterre.........	DORUS GRAS.
GEORGES DOUGLAS, page de Marie Stuart.....................	NAU.
ANNA KENNEDY, suivantes de Marie Stuart	MÉQUILLET.
FLEMING,	DUCLOS.

SEIGNEURS ANGLAIS, ÉCOSSAIS, GARDES, PEUPLE DE FRANCE ET D'ÉCOSSE.

DIVERTISSEMENT DU TROISIÈME ACTE.

ASSUÉRUS..................................	MM. QUÉRIAU.
AMAN........	L. PETIT.
UN ISRAÉLITE..	MABILLE.
ESTHER..	Mlles AD. DUMILATRE.
UNE JEUNE FILLE D'ISRAEL	S. DUMILATRE.
DEUX JEUNES FILLES ISRAÉLITES.....................	MARIA. ROBERT.

La scène se passe, de 1561 à 1587, en France d'abord, puis en Écosse et en Angleterre.

DIVISIONS DES CHŒURS.

premier acte.

SEIGNEURS ÉCOSSAIS.

Premiers ténors. — MM. Gousson, Laussement, Chazotte.
Deuxièmes ténors. — MM. Robert, Marin.
Premières basses. — MM. Hens, Duclos.
Deuxièmes Basses. — MM. Goyon, Nathan.

MATELOTS ET HOMMES DU PEUPLE.

Premiers ténors. — MM. Picardat, Laussel, Laforge, Cresson, Debarge, Desdet.
Deuxièmes ténors. — MM. Olen, Cajani, Coateau, Donzel, Foy, Sarniguet, Eliot, Fourès.
Premières basses. — MM. Ducauroy, Delahaye 1er, Ducellier, Hano, Soler, Montmaud, Delahaye 2e, Hurpin.
Deuxièmes basses. — MM. Doutreleau, Esmery, Georget, Menoud, Montamat, Hersant, Eugène, Marjollet, Hennon, Mège.

BOURGEOISES ET FEMMES DU PEUPLE.

Premiers dessus. — Mmes Sèvres, Proche, Duclos, Courtois, Fontaine, Mariette, Hirschler, Pausard, Remy, Lemarre, Leroux, Garda, Guillaumot, Lechesne, Octavie, Marcus, Adam, Desgranges.
Deuxièmes dessus. — Mmes Laurent, Bouvenne, Ingrand, Baron, Villers, Bournay, Tuffout, Gouffier, Vaillant, Florentin, Jacques, Marix, Coletti, Ernest, Dimier, Weille.
Enfans du chant. — Lutz, Serène, Esmelin, Nicole, Poisson, Grizy.

2e acte. — 1er tableau.

SEIGNEURS ÉCOSSAIS.

Tout le chœur. (Hommes. — Voyez 1er acte.)

3e acte. — 1er tableau.

Tout le chœur. Hommes.

SERVITEURS DE MARIE STUART.

Premiers dessus. — Mmes Duclos, Remy, Leroux.
Deuxièmes dessus. — Mmes Bouvenne, Baron, Florentin.
Premiers ténors. — MM. Chazotte, Gousson.
Deuxièmes ténors. — MM. Robert, Marin.
Basses. — MM. Duclos, Goyon.

2e tableau.

SEIGNEURS ET DAMES NOBLES.

Tout le chœur. (Hommes et femmes. — Voyez 1er acte.)

4e acte. — 2e tableau.

SEIGNEURS ET GUERRIERS DU PARTI DE MARIE STUART.

Tout le chœur. (Hommes.)

5e acte. — 1er et 2e tableaux.

DAMES NOBLES ET SEIGNEURS ANGLAIS.

Tout le chœur.

Dernier tableau.

SEIGNEURS CATHOLIQUES.

Tout le chœur. (Hommes.)

SERVITEURS DE MARIE STUART

Premiers dessus. — Mmes Duclos, Ernest, Remy.
Deuxièmes dessus. — Mmes Bouvenne, Ingrand, Baron.
Deuxièmes ténors. — MM. Robert, Olen.
Premières basses. — MM. Duclos, Delahaye 1er.
Deuxièmes basses. — MM. Goyon, Montamat.

PERSONNAGES DE LA DANSE.

1er *acte.*

DOUZE JEUNES FILLES.

Mlles Jeunot, Jeandron, Bourdon, Feugère, Rousseau, Marquet 3e, Laurent 2e, Lacoste, Potier, Chambret, Toutain, Biot.

DAMES D'HONNEUR.

Mmes Leclercq, Baillet.

TROIS PAGES.

Mmes Lenoir, Pézée, Favre.

DEUX OFFICIERS.

MM. Lefèvre, Carré.

2e *acte.*

SIX OFFICIERS.

MM. Darcour, Carré, Lefèvre, Josset, Feltis, Wells.

QUATRE PAGES.

Mmes Lenoir, Pézée, Favre, Biot.

3e *acte.* — Divertissement.

DAMES ISRAÉLITES.

Mmes Masson, Marquet 2e, Drouet, Paget, Danse, Nathan, Lacoste, Franck, Devion, Colson, Courtois, Josset, Bourdon, Jeandron, Petit, Dabas 2e, Toutain, Jeunot, Marquet 3e, Rousseau, Célarius 1re, Célarius 2e, Laurent 2e, Casson.

LÉVITES.

MM. Châtillon, Gondoin, Scio, Alexandre.

MUSICIENS.

MM. Maujin, Wiéthof 1er, Archinart, Ernest.

CHEFS DE LA GARDE.

MM. Lefèvre, Carré, Isambert, Lenfant.

CENTENIERS.

MM. Cornet 1er, Fromage, Lenoir, Dimier.

PAGES.

Mmes Lenoir, Pézée, Favre, Biot.

5e *acte.*

SEIGNEURS.

MM. Lenfant, Fromage, Renauzy, Deschamps.

PAGES.

Les quatre pages du 3e acte.

PEUPLE.

MM. Deschamps, Peaufert, Bertaut, Archinart, Alexandre, Maujin.

ENFANS.

Minart, Beauchet, Dieul 1er, Dieul 2e, Frapart, Wiéthof 2e.
Mmes Coupolte, Saulnier, Rosa, Duménil, Bénard, Gougibus, Cluchart, Maujin, Maréchalle.

ENFANS.

Mlles Passerieux, Mayé, Montpérin, Wiéthof 2e, Giraudier, Glinesse, Savel.

ACTE PREMIER.

Le port de Calais. — D'un côté une taverne, et de l'autre une hôtellerie. — Dans le fond, le port. — Des canots amarrés. — Au loin, une flotte anglaise, qui observe le port. — Des tables sont dressées près de la taverne et près de l'hôtellerie. — A l'une boivent le comte de Murray, le comte de Darnley, le comte de Bothwell et d'autres seigneurs écossais. — La seconde table est occupée par le comte de Ruthwen et Morton. — Des matelots sont groupés autour de la troisième.

SCÈNE I.

MURRAY, DARNLEY, BOTHWELL, MORTON, RUTHWEN, DOUGLAS, HUNTLEY, GORDON, SEIGNEURS et MATELOTS ÉCOSSAIS, HOMMES ET FEMMES DU PEUPLE.

CHOEUR DE MARINS.

Brave marin !... sur terre
Trop long-temps arrêté !...
Pars... la brise légère
Te rend la liberté !
A nous Dieu s'intéresse,
Il sourit à nos vœux :
De nos chants d'allégresse,
Egayons nos adieux !

Partout les vents se taisent :
Après tant de courroux,
Les flots au loin s'apaisent :
Le ciel semble plus doux.

L'aimable et belle reine,
Qui doit d'ici partir,
Du port, du moins, sans peine
Pourra bientôt sortir.

MURRAY.

Buvons tous à la reine,
Buvons au noble époux
Que sa main souveraine
Choisira parmi nous.

LE CHOEUR.

Buvons tous, etc.

RUTHWEN, à part.

Oui, buvez à plein verre,
Conspirateurs discrets !
Buvez... et l'Angleterre
Saura tous vos secrets !

MURRAY et LES SEIGNEURS.

Buvons tous, etc.

LE CHOEUR.

Brave marin, sur terre, etc.

(Le chœur sort.)

MARIE STUART.

SCÈNE II.

LES MÊMES, excepté LE CHOEUR.

DARNLEY.

Marie est, à vingt ans, veuve d'un roi de France!
Rappelée en Ecosse, où le trône l'attend,
    Pour s'embarquer ici secrètement
Elle a quitté Paris, et vers ces murs s'avance !...

RUTHWEN, montrant la flotte anglaise qui croise.

Croyant de ces vaisseaux tromper la vigilance...
Vain espoir !...

DARNLEY.

        Pour régner sur un peuple ombrageux
Il lui faut un époux et noble et courageux !...
De cet auguste hymen, de cet honneur insigne
        Qui de nous sera jugé digne ?...

MURRAY.

Vous ! Darnley !

DARNLEY.

        Mais, sans doute, il est heureux pour moi,
    Que de Murray la royale naissance
D'un rival tel que lui m'ait préservé d'avance !...
Pourtant... je ne suis pas encore votre roi !
Si ce damné Bothwell entreprend la conquête
De votre sœur...

MURRAY.

        Il a bien autre chose en tête !
Depuis deux jours, à peine à Calais débarqué,
A quelque Artésienne il doit s'être attaqué...

DARNLEY.

Séducteur sans pitié !... dans son œil hypocrite,
Oui, de quelque vertu je vois la perte écrite !...

BOTHWELL.

Par saint Dunstan ! riez, milords... mais, à la fin,
Le séducteur est pris !...

DARNLEY.

        Toi !

BOTHWELL.

            Par une inconnue,
Hier, à la nuit sombre, au détour du chemin,
Contre quelques manans, en passant secourue...

(Montrant l'hôtellerie.)

Elle est là... tout mon cœur s'émeut rien qu'à
        De la revoir !   [l'espoir

2

ROMANCE.

PREMIER COUPLET.

De nos dames de haut lignage,
Sans parure, elle a le maintien :
Tendre et doux comme son langage,
Son regard domine le mien !...
Vrai Dieu ! par une enchanteresse
A jamais séduit en un jour,
Je brûle, et fier de ma tendresse,
Ne veux plus songer qu'à l'amour !

DARNLEY, MURRAY, DOUGLAS, HUNTLEY.
Ah ! vraiment,
C'est charmant :
Bothwel, pris à son tour
Par un amour
D'un jour !

DEUXIÈME COUPLET.

BOTHWELL.
Sur le bras que j'offrais à peine,
Timide et discret chevalier,
Sans pitié, riant de ma gêne,
On daigna parfois s'appuyer !...
Vrai Dieu ! par une enchanteresse, etc.

DARNLEY, MURRAY, DOUGLAS, HUNTLEY.
Ah ! vraiment, etc.
(Ils sortent tous, excepté Bothwell.)

SCÈNE III.

BOTHWELL, MARIE STUART, RIZZIO,
GEORGES.

RIZZIO, montrant la flotte anglaise.
L'Anglais est toujours là !
MARIE.
Pour forcer le passage,
Georges me suffira ! tout est bien concerté...
Allez... et loin de ce rivage,
Nous voguerons bientôt en liberté.
(Rizzio sort avec Georges. — A Bothwell qui s'avance
timidement.)
Vous, ici !... noble comte !... au devant de la reine
N'allez-vous pas en galant chevalier?
BOTHWELL.
A l'heure du danger, ma noble souveraine
Me verra toujours le premier !...
Mais aujourd'hui, que nul péril, je pense,
D'un fidèle sujet n'exige la présence,
Assez de courtisans salueront son retour...
Moi, je reste en ces lieux !
MARIE.
Qui vous retient ?
BOTHWELL.
L'amour !

DUO.

BOTHWELL.
Sans vous aimer d'amour extrême,
Croyez-vous qu'on ait pu vous voir ?
J'allais briguer un diadème,
N'ai plus qu'un vœu, qu'un espoir.
MARIE, à part.
Sans nous aimer d'amour extrême,
Est-il vrai qu'il n'ait pu nous voir !
Pour nous, ici, du rang suprême
A-t-il bien dédaigné l'espoir !
(Haut.)
Mais ne disait-on pas qu'à la main de Marie
Vous prétendiez ?...
BOTHWELL.
Bravant la honte d'un refus,
Pour l'obtenir, hier, j'aurais donné ma vie !...
Aujourd'hui je n'y songe plus !
MARIE.
Pourtant, à votre souveraine
On accorde quelques attraits !...
BOTHWELL, souriant.
Oui... de la beauté d'une reine,
Je sais qu'on ne doute jamais.
MARIE.
Mais, si je dois partir pour la rive étrangère...
BOTHWELL.
A vous suivre en tous lieux, ordonnez... je suis [prêt !
Votre nom seul ?...
MARIE.
Pour plaire,
Soyez discret.
BOTHWELL.
Ah ! dites-moi qu'un jour votre âme
Pourra répondre à mon amour !
MARIE.
Rien que cela... trop vive flamme,
Bien souvent n'a duré qu'un jour.
ENSEMBLE.
—
MARIE.
Ah ! cette fois, c'est pour moi-même,
Je le vois bien, qu'ici l'on m'aime !
Ici, l'éclat du diadème
Perd son pouvoir et sa valeur !
D'un tel aveu l'audace étonne ;
Mais on excuse et l'on pardonne
Un amour qui nous donne,
Preux chevalier si plein d'ardeur !
BOTHWELL.
Ah ! quel délire extrême
Elle sait que je l'aime !
Et sa bonté suprême
Redouble mon ardeur !
Un tel aveu l'étonne,
Mais autant que belle elle est bonne,
A mon délire elle pardonne !...
Déjà ma grâce est dans son cœur !
—
(Il tombe aux pieds de Marie.)

MARIE, le relevant.

Vous le voulez?... Eh bien ! d'un chevalier fidèle
Je reçois les sermens !... Puisse un jour votre zèle
    N'avoir point à s'en repentir !
BOTHWELL.

Jamais !

MARIE.
Dans un instant, soyez prêt à partir !

ENSEMBLE.

—

Ah ! cette fois, etc.
BOTHWELL.
Ah, quel délire, etc.

—

(Marie sort.)

SCÈNE IV.

BOTHWELL, MURRAY, DARNLEY, MORTON, RUTHWEN, DOUGLAS, HUNTLEY, GORDON, GEORGES, en costume de cheval, SEIGNEURS ÉCOSSAIS.

GEORGES.

Partons, milords... A cheval ! à cheval !
D'un prompt départ ordonnez le signal !
    Pour éviter, sans doute,
    Les vaisseaux anglais qu'on redoute,
    La reine a dû changer sa route ;
    Au port de Boulogne on l'attend !
        Dans votre zèle,
        Garde fidèle,
        Courez près d'elle,
        En ce moment !
De ce départ j'apporte la nouvelle
Et je repars dans un instant.
TOUS.
Partons, milords... A cheval ! à cheval !
D'un prompt départ, ordonnons le signal !
        Dans notre zèle,
        Garde fidèle,
        Courons près d'elle,
        En ce moment.
BOTHWELL, à part.
Partez, milords... A cheval ! à cheval !
D'un prompt départ, ordonnez le signal,
        Dans votre zèle,
        Garde fidèle,
        Courez près d'elle,
        En ce moment.
Moi, l'amour ici m'appelle,
Le bonheur ici m'attend.
RUTHWEN, à part.
C'est trop vous hâter, je pense,
De vous livrer à l'espérance :
Ce n'est pas notre vigilance
Qu'on peut tromper facilement !

L'amiral saura me comprendre...
A son écuyer.
Va ! qu'un signal, sans plus attendre,
En mon nom l'invite à se rendre
Devant Boulogne, sur-le-champ !

ENSEMBLE

—

RUTHWEN et MORTON.
Oui, l'on s'est trop pressé, je pense,
De se livrer à l'espérance ;
Ce n'est pas notre vigilance
Qu'on peut tromper facilement.
GEORGES.
L'Anglais s'est trop pressé, je pense,
De se livrer à l'espérance ;
Je ris de voir tant de prudence,
Ici, vaincue, en un moment.
BOTHWELL.
Allez... dans votre impatience,
D'un seul regard quêter la chance,
Je reste, heureux de ma constance,
Où le bonheur, enfin, m'attend.
MURRAY, DARNLEY, SEIGNEURS.
De l'ennemi, sa prévoyance
A su tromper la vigilance !
Obéissons à sa prudence,
Partons sans perdre un seul instant.
TOUS.
A cheval, milords, à cheval ! etc.

—

(Ils sortent tous, excepté Georges et Bothwell. — On voit en même temps la flotte anglaise mettre à la voile.)
GEORGES, regardant les vaisseaux.
Ils vont mettre à la voile... Oui ! tout a réussi !
Victoire !... dans une heure, ils seront loin d'ici !
(A Bothwell.)
    Et vous, des gardes de la reine,
    Désormais, noble capitaine,
    Veuillez, milord, l'attendre ici !
BOTHWELL, surpris.
La reine !... comment ?...
GEORGES, lui montrant Marie qui entre.
La voici !

SCÈNE V.

GEORGES, BOTHWELL, MARIE, RIZZIO, DAMES D'HONNEUR, ÉCUYER DE LA REINE, PEUPLE, MARINS.

(On voit s'avancer la galère sur laquelle la reine doit s'embarquer.)

BOTHWELL, tombant aux pieds de Marie.
Dieu !
MARIE.
Levez-vous, milord !... J'avais reçu d'avance

Un serment de fidélité,
Prêté, je crois, sans trop de répugnance...
Et sur votre foi j'ai compté?

POTHWELL.

La reine sait du moins qu'à mes yeux la couronne...

MARIE.

N'est point un gage de beauté...
Je m'en souviens... mais la femme pardonne
L'affront fait à la royauté !

CHOEUR DE PAYSANS.

Que Dieu garde Marie!
Qu'il exauce nos vœux !...
Reine à jamais chérie,
Recevez nos adieux !

CHOEUR DE JEUNES FILLES.

Vous allez ceindre un nouveau diadème ;
D'autres sujets vont bientôt vous bénir ;
En les aimant, d'un peuple qui vous aime,
Gardez du moins, gardez le souvenir !

MARIE, émue.

De la pauvre Marie, ah ! si touchans regrets
Feront toujours le bonheur et la gloire!
De tels adieux, croyez-moi, la mémoire
Dans ce cœur attristé ne périra jamais !

LE CHOEUR.

Que Dieu garde Marie ! etc.

MARIE.

Déjà la nuit s'avance :
Il est temps de partir ;
Allons, à ma souffrance
C'est assez compatir !
Pour quitter ce rivage,
Si plaisant à mon cœur,
Il me faut du courage,
Épargnez ma douleur !...

ROMANCE (1).

Adieu donc, belle France,
Beau pays, mes amours !...
Tu nourris ma tendre enfance,
Adieu donc, beau pays, adieu donc pour toujours !
La nef qui brise ma chaîne
Et loin de toi m'entraîne,
N'aura de moi que la moitié !
Une part te reste... elle est tienne !
Pour que de l'autre il te souvienne...
Je la fie à ton amitié.

Adieu donc, belle France, etc.

(Elle se dirige vers la galère qui l'attend, appuyée
sur le bras de Bothwell. Marie s'embarque avec
Bothwell, Georges, Rizzio, Kennedy et les autres
personnes de sa suite.)

CHOEUR DU PEUPLE.

Dans ce beau pays, tes amours,
Ta mémoire vivra toujours.

ACTE DEUXIEME.

PREMIER TABLEAU.

Un salon du palais d'Henri Darnley, à Edimbourg.

SCÈNE I.

BOTHWELL, puis MURRAY.

(Au lever du rideau, Bothwell est assis dans un fauteuil,
sur le devant du théâtre. On entend, dans la coulisse, un chœur de seigneurs à table. Pendant ce
chœur, Murray entre en scène, sortant de la salle du
banquet. Il aperçoit Bothwell, et s'approche de lui
lentement et sans être vu.)

CHOEUR DE SEIGNEURS, dans la coulisse.

Buvons, buvons à nos plaisirs :
Que chaque jour épuise nos désirs !
Versez, versez toujours,
Et buvons tous aux faciles amours !
Buvons, etc.

BOTHWELL.   [femme,

Son époux !... lui, grands dieux !... une si noble
Enchaînée au destin d'un Darnley... d'un infâme,
Qui pour de vils plaisirs l'abandonne déjà,
Et dans sa lâcheté bientôt l'outragera !

MURRAY, lui plaçant la main sur l'épaule.

Toujours pensif !

----

(1) Voici la romance de Marie Stuart en quittant la
France. (Voir la *Biographie universelle*, tome 27, article *Marie Stuart*, par M. de Sévelinges.)

Adieu, plaisant pays de France !
O ma patrie,
La plus chérie,
Qui as nourri ma jeune enfance,
Adieu France ! adieu mes beaux jours !
La nef qui disjoint nos amours,
N'a eu de moi que la moitié :
Une part te reste... elle est tienne :
Je la fie à ton amitié,
Pour que de l'autre il te souvienne,

BOTHWELL, avec une ironie amère.
Du bonheur de la reine
Je m'applaudissais comme vous !
MURRAY.
Trop loin, mon cher Bothwell, le zèle vous en-
Calmez un imprudent courroux !　[traîne!...
BOTHWELL.
Et vous avez pu, vous, son frère,
Conseiller cette iniquité ?
MURRAY.
Il le fallait !...
BOTHWELL.
De l'Angleterre
C'était la volonté.

DUO.

MURRAY.
Si j'avais pu dire à Marie :
Prends un époux qu'aura choisi ton cœur,
Un autre hymen, ô sœur chérie,
T'aurait donné la paix et le bonheur.
A la raison froide et cruelle
Je n'ai pas cédé sans combats...
Comme vous... je souffre pour elle...
Plaignez-moi, ne m'accusez pas !
BOTHWELL, à part.
Dans sa douleur, est-il sincère ?
MURRAY.
Pourquoi douter de mes regrets ?
Marie est pour moi moins sévère !...
BOTHWELL.
Au mal elle ne croit jamais !
MURRAY.
Mais vous, si versé dès l'enfance
Dans les secrets de la raison d'état,
Songez aux lois de la prudence...
-Elles voulaient...
BOTHWELL, vivement.
Qu'on l'immolât !
MURRAY.
Milord... assez !
BOTHWELL.
Mais, non ! terminons ce débat.
Je me trompais... le cœur d'un frère
Oserait-il ainsi perdre une sœur ?
Vouer ses jours, sa vie entière
A la tristesse, au deuil, à la douleur ?
Raison d'état, ta loi cruelle
Seule aujourd'hui l'emporte en ces combats!...
(A Murray.)
Comme vous je souffre pour elle...
Plaignez-moi, ne m'accusez pas !
MURRAY.
Depuis long-temps, comme Marie,
N'ai-je pas lu dans votre cœur !
BOTHWELL.
Ciel !...

MURRAY.
Et pourtant je la confie
A vos sermens... à votre honneur !

ENSEMBLE.
MURRAY.
Si j'avais pu dire à Marie, etc.
BOTHWELL.
Je me trompais... le cœur d'un frère, etc.
(Bothwell sort.)

SCÈNE II.

MURRAY, regardant sortir Bothwell.

Encore un qu'avant peu nous perdrons avec elle !
Mais quand je veux, à mes desseins fidèle,
Achever, sans pitié, l'œuvre de ma grandeur,
D'où vient cette crainte nouvelle ?
Cette voix qui me dit : « Du crime instigateur,
Tu veux frapper Marie... Arrête ! elle est ta sœur ! »

AIR.
Pauvre Marie, en ta misère,
Tu me dirais, au moment du danger,
« Tout m'abandonne : viens, mon frère,
» Viens, c'est ton bras qui me doit protéger. »

Doux souvenir de mon enfance,
Dans la grandeur trop long-temps oublié,
Faut-il subir ta secrète puissance?
Dois-je en mon cœur étouffer la pitié ?

Pauvre Marie, etc.

Mais qu'ai-je dit ? quelle démence !
Moi... dans ma famille étranger...
Aux caprices de la naissance,
Sans courroux ai-je pu songer ?...
Moi !... d'une tache ineffaçable...
N'a-t-on pas marqué mon blason ?
Du sang royal rejeton misérable,
Ne suis-je pas privé de mes droits... de mon nom ?

Non... la couronne est à moi...
Je marche au but sans effroi ;
Ma place est là, je la voi :
Courbez-vous tous... je suis roi !

Fallût-il par le crime
Signaler chaque pas ?
Le rang de la victime
Ne m'arrêtera pas !

Car, la couronne est à moi...
Ici, demain, le bâtard sera roi.

Laissons au cœur vulgaire
La crainte et les remords :
Le vainqueur à la guerre
Foule aux pieds mille morts !...

Oui, la couronne est à moi, etc.

SCÈNE III.

MURRAY, RUTHWEN.

MURRAY.

Eh bien ?

RUTHWEN.

Élisabeth de toute sa puissance
S'engage à soutenir vos droits à la régence,
Si dans le cœur de ses nouveaux sujets,
Par vous, Marie est perdue à jamais.

MURRAY.

Bien !

RUTHWEN.

Quant à Rizzio, ce conseiller fidèle,
De qui l'incorruptible zèle
A signalé déjà nos secrets entretiens...

MURRAY.

Pour nous en délivrer il est de sûrs moyens...

RUTHWEN.

Oui, je sais que la calomnie
A déjà contre lui d'un trop crédule époux
Facilement armé la jalousie...
Mais...

MURRAY.

A ce soir les derniers coups !...
Par ma haine excité, Darnley résiste à peine...
En frappant Rizzio sous les yeux de la reine,
Nous perdrons et Marie et l'époux insensé
Qu'à ce mortel éclat l'ivresse aura poussé !

SCENE IV.

Les Mêmes, DARNLEY, HUNTLEY, DOUGLAS,
GORDON, Seigneurs, sortant de la salle du
banquet.

CHOEUR.

Buvons à nos plaisirs, etc.

DARNLEY.

PREMIER COUPLET.

Pour la réforme ou le papisme
Point de querelle en ce séjour :
Je n'y permets de fanatisme
Que pour le vin, le jeu, l'amour !
Triste vertu, froide vieillesse,
Blâmez notre âge et ses désirs :
A vous l'ennui de la sagesse,
A nous l'ivresse des plaisirs !

Buvons, etc.

LE CHOEUR.

Buvons, etc.

DARNLEY.

SECOND COUPLET.

De jeux en jeux, de belle en belle,
Cherchez partout la volupté :
En ce palais point de cruelle,
Point de plaisir sans liberté !

Triste vertu, etc.

TOUS.

Buvons, etc.

DARNLEY, à Murray.

Tu ne bois pas, Murray !
(Aux seigneurs.)
Voyez donc ce Caton !...
Pour plaire à sa maîtresse... à la belle Hamilton
Aurait-il fait vœu de sagesse ?...

MURRAY.

Sire !...

DARNLEY.

C'est un secret... J'ai tort... je le confesse !
La nommer est d'autant plus mal,
Que le mari passe pour un brutal
Fort dangereux !...
(A un page qui lui apporte une lettre.)
Qu'est-ce ?... J'y vois à peine...
Lis-moi cela, Ruthwen !...

RUTHWEN, après avoir lu.

Il s'agit de la reine !...

DARNLEY.

Eh bien !...

RUTHWEN.

Un vil pamphlet, en tous lieux colporté,
Ose accuser d'une flamme adultère...

DARNLEY.

Qui ?...

RUTHWEN.

De Sa Majesté le premier secrétaire,
Rizzio.

DARNLEY, avec fureur, et arrachant la lettre des mains
de Ruthwen.

Rizzio !

RUTHWEN, bas, à Murray.

Bien ! le coup a porté !

ENSEMBLE.

—

DARNLEY.

Frappé d'un trouble extrême,
Je sens que ma raison,
En ce moment suprême,
Ne peut chasser un noir soupçon !
La mort la plus cruelle
A qui flétrit mon nom !
Épouse criminelle,
Pour toi point de pardon !

MURRAY, RUTHWEN, LES AUTRES SEIGNEURS et
LE CHOEUR.

Frappé d'un trouble extrême,
Il tremble, et sa raison,
Dans ce moment suprême,
Ne peut chasser un noir soupçon.

Trompé par un faux zèle,
Il voit flétrir son nom,
Et son orgueil pour elle
N'aura point de pardon.
—
MURRAY.

Malgré votre courroux, sire ! un auguste honneur
D'aucun soupçon ne doit souffrir l'atteinte !
DARNLEY.

La reine est au dessus d'un pamphlet imposteur !
Pour votre sœur, Murray, non... n'ayez point de
[crainte...

Mais, de ce Rizzio si l'insolent espoir...
RUTHWEN.

En un pareil moment, tout dire est un devoir...
Eh bien ! sire, sachez que Rizzio lui-même,
Enivré dès long-temps de sa faveur extrême,
Provoquant à plaisir de scandaleux éclats,
S'est lâchement vanté...
MURRAY, l'interrompant.
Ruthwen !
DARNLEY, déchirant le billet avec fureur.
N'achevez pas !

ENSEMBLE.
—
DARNLEY.

Exécrable imposture !
C'en est trop ! cette injure
A comblé la mesure !...
Malheur à lui ! malheur !...
A ma juste vengeance
Dieu, témoin de l'offense,
Abandonne d'avance
Un indigne imposteur !

MURRAY, RUTHWEN et LES SEIGNEURS.
Exécrable imposture !
C'en est trop ! cette injure
A comblé la mesure !
Malheur à lui, malheur !
A sa juste vengeance
Dieu, témoin de l'offense,
Abandonne d'avance
Un indigne imposteur !

RUTHWEN.
Parlez... et nos bras sont à vous !
DARNLEY.
Eh bien ! donc, vengez-moi sur l'heure !
Allez... point de pitié, qu'il meure
Sanglant, percé de mille coups !...
(Donnant son poignard à Ruthwen.)
Et que le poignard de son maître,
Plongé dans son cœur palpitant,
Apprenne à tous par qui du traître
Fut ordonné le châtiment !...

ENSEMBLE.

DARNLEY.
Exécrable imposture, etc.
Tombe sur lui le châtiment !
Pour cette injure il faut du sang !
TOUS.
Exécrable imposture, etc.
Tombe sur lui le châtiment !
Pour cette injure il faut du sang !

(Ils sortent tous, et le théâtre change à vue.)

DEUXIÈME TABLEAU.

Le boudoir de Marie Stuart.

SCÈNE I.

MARIE, GEORGES, ANNA KENNEDY, RIZZIO.
(Au lever du rideau, Marie est à demi couchée sur
un canapé ; elle brode. Anna, assise auprès d'elle
sur un pliant, fait de la tapisserie. Georges, tenant
un cahier de musique à la main, chante ; Rizzio tra-
vaille à une table ; Georges achève une vocalise.)

MARIE.
Que de progrès !... bravo, Georges, bravo !
GEORGES.
Sa Majesté verra si d'honneur on se pique !
Oui... que parfois encor, le divin Rizzio
Daigne, pour m'enseigner, quitter la politique,
Je prétends égaler, dans son art favori,
Jusques à lord Bothwell, son élève chéri !
MARIE.
Le comte de Bothwell !... il chante ?

GEORGES.
Si la reine
Veut, dès ce soir, ici juger de son talent,
Des gardes du palais le brillant capitaine
Va venir pour l'ordre *... On l'attend.
MARIE, à Rizzio.
Qu'en dit l'illustre maître ?
(Pendant le dialogue entre la reine et Georges, un
page a apporté une lettre à Rizzio.)
RIZZIO, après avoir lu, bas à la reine.
A votre secrétaire
Daignez d'abord, madame, accorder un moment,
MARIE, se levant.
Qu'est-ce ?

* Tous les soirs, en vertu du privilége de sa charge, le
capitaine des gardes venait pour prendre le mot d'ordre de
la bouche même du souverain, et le transmettait aux officiers qui commandaient le service de nuit.

RIZZIO.

Il se trame enco' .ans l'ombre et le mystère,
Quelque complot... Lisez...
                    (Il lui remet la lettre.)
        MARIE, après l'avoir lue.
                    Ah ! votre dévoûment
S'alarme sans raison... Conspirer!... lui... mon
                                    [frère...
Un tel avis...
            RIZZIO.
                    Est grave... et pourtant, cette fois,
Je le dis à regret, madame... mais j'y crois!
        MARIE , lui rendant la lettre.
Non! plutôt renoncer au trône, à l'existence,
Que vivre dans la crainte et dans la défiance!...
Assez !...
                RIZZIO.
        Madame !...
                MARIE.
                    Assez... J'aperçois justement
Notre chanteur... de tant d'ennuis qu'il nous faut
                                    [taire,
Au sein des arts, du moins, cherchons à nous dis-
J'en ai besoin!...   [traire...

SCÈNE II.

LES MÊMES, BOTHWELL.

MARIE.
                    On vante ici votre talent,
Milord... et nous aurions plaisir à le connaître.
            BOTHWELL.
Madame!... pardonnez... l'indulgence du maître
A son indigne élève aura fait trop d'honneur...
Comment oser ?
            GEORGES.
                Milord, sans doute, aurait moins peur,
Si de Sa Majesté, la voix pure et touchante,
        S'unissait à sa voix tremblante.
                MARIE.
Ne faut-il que cela... milord ?... de tout mon cœur!
Élève comme vous , je donnerai l'exemple,
    (Montrant Rizzio.)   [ple.
Et songeons que l'auteur est là qui nous contem-
            VILLANELLE.

PREMIER COUPLET.

        MARIE et BOTHWELL.
Pour imposante et noble dame,
        Au vieil époux,
        Triste et jaloux,
Brûle en secret d'ardente flamme,
        Pauvre Isolier,
        Simple écuyer.
L'honneur lui dit : Pars au plus vite !
        Fuis, imprudent,
        Cruel tourment.
Mais quand vient l'heure , il tremble, hésite,
Et semble dire en soupirant :

S'il n'est que dans l'absence
Remède à ma démence,
La nuit, le jour, ai beau souffrir...
        N'en veux jamais guérir.
            TOUS.
    S'il n'est, etc.

        DEUXIÈME COUPLET.

        MARIE et BOTHWELL.
Sans déplaisir, la noble dame
        Voit tant d'amour ;
        Puis un beau jour,
S'interrogeant, trouve en son âme,
        Non sans terreur,
        Pareille ardeur !
L'honneur lui dit : Chasse au plus vite ,
        Avec l'amant,
        Cruel tourment!
Mais elle aussi, balance, hésite,
Et semble dire en soupirant :
        S'il n'est que dans l'absence, etc.
                (Tumulte au dehors.)
            MARIE.
Quel bruit ?...

SCÈNE III.

LES MÊMES, RUTHWEN , SEIGNEURS ARMÉS.

            MARIE.
        Ruthwen, armé !
            RUTHWEN.
                    Retirez-vous, madame!
            BOTHWELL.
Que cherchez-vous, milord ?
            MARIE.
                    Que voulez-vous de moi ?
            RUTHWEN.
Que l'adultère à Dieu recommande son âme !
        MARIE , avec indignation.
Un adultère, ici?
        RUTHWEN, montrant Rizzio.
                Qu'on le saisisse !
                (On s'empare de Rizzio.)
        MARIE, à Ruthwen.
                            Infâme !
Oses-tu bien ?
        RIZZIO , se débattant.
        Qui ?... moi !
                (A la reine.)
                Justice !
(On emmène Rizzio. Bothwell tire son épée et veut
défendre Rizzio ; les gardes croisent la hallebarde.
Ruthwen, dans la coulisse, frappe Rizzio, qui pousse
un grand cri.)
RUTHWEN , rentrant et jetant le poignard ensanglanté
    de Darnley aux pieds de la reine.)
                        Au nom du roi !
                (Terreur générale.)

ACTE TROISIEME.

PREMIER TABLEAU.

Un salon du palais de Marie Stuart, à Holyrood.

SCÈNE I.

MURRAY, BOTHWELL, HUNTLEY, ATHOL,
DOUGLAS, GORDON, Conjurés.

MURRAY.

Serviteurs de la reine, un seul vœu nous rassemble :
　Pour la sauver, vaincre ou mourir ensemble,
　　C'est là le cri de notre cœur.

TOUS.

　　Pour la sauver, etc.

MURRAY.

　　Trop long-temps la prudence,
　　Enchaînant ma fureur,
　　Épargna la démence,
　　D'un indigne oppresseur !...
　　Au secours de Marie
　　Il est temps de courir :
　　Au printemps de sa vie,
　　La verrons-nous périr ?

Depuis que le trépas d'un serviteur fidèle,
Ainsi que sa raison, mit ses jours en danger,
Par quels récits menteurs, comme une criminelle,
　　Ne l'a-t-on pas fait outrager ?

ENSEMBLE.

　　MURRAY et BOTHWEL.
　　Au secours de Marie, etc.
　　LES AUTRES.
　　Au secours de Marie, etc.

BOTHWELL.

Mais quels sont vos moyens... vos plans... votre es-
　　MURRAY.　　　　[pérance ?
Comme tous les tyrans, Darnley craint les complots !
Du château neuf, toujours armé pour sa défense,
Le salpêtre entassé remplit les noirs caveaux !...
La foudre en sortira, cette nuit... et la flamme,
Sûr et discret agent d'une juste fureur,
Sous les débris fumans écrasera l'infâme,
　　Au nom du ciel vengeur !

BOTHWELL.

　　Vous punissez le crime
　　Par un assassinat !

ATHOL.

　　Vaut-il mieux sans combat,
　　Lui céder la victime ?

BOTHWELL.

　　De moi qu'exigez-vous ?

MURRAY.
Rien !... si votre faiblesse
Hésite ou nous délaisse,
Il suffira de nous !

ENSEMBLE.

　　MURRAY et LES CONJURÉS.
En vain son cœur balance ;
Je sais son espérance,
L'amour de $\genfrac{}{}{0pt}{}{ma}{sa}$ prudence
Servira les projets !
Et demain, dans l'abîme,
Reine, assassin, victime,
Confondus par le crime,
Sont perdus à jamais !
　　BOTHWELL.
Faut-il, ô Providence,
Appui de l'innocence,
Rougir de sa vengeance...
Imiter les forfaits !
Protéger par le crime
Une auguste victime,
N'est-ce pas dans l'abîme
La plonger à jamais ?

　　MURRAY.
De ses sermens Bothwell veut-il se dégager ?
　　BOTHWELL.
　Non, milord ! mais le ciel m'éclaire !
　Qu'on m'accorde une heure, et j'espère
Offrir à votre ardeur un plus noble danger !
　　MURRAY.
　C'est dans le succès qu'est la gloire !
　　ATHOL.
　Et nos moyens sont éprouvés !
　　BOTHWELL.
　Je répondrai de la victoire,
　Quand les miens seront approuvés !
　　MURRAY, aux conjurés.
A notre poste il est temps de nous rendre !
　　BOTHWELL.
　Quand sera donné le signal ?
　　MURRAY.
A minuit !

　　BOTHWELL.
　Jusque-là promettez-vous d'attendre ?
　　MURRAY.
Soit !

MARIE STUART.　　　　　　　　　　　　　　　　2

BOTHWELL, à part.

J'aurai vu Marie avant l'instant fatal.

ENSEMBLE.

—

MURRAY et LES CONJURÉS.

En vain son cœur balance, etc.

BOTHWELL.

Faut-il, ô Providence, etc.

(Murray et les conjurés sortent.)

SCÈNE II.

BOTHWELL, puis MARIE, MELVIL,
SUITE DE LA REINE.

BOTHWELL, voyant entrer la reine.

La reine ! Ah ! c'est Dieu qui l'envoie !

MARIE, à Melvil.

Oui, bon Melvil, mon cœur partage votre joie !
Depuis l'assassinat du noble serviteur,
    Qui... sous mes yeux, dut payer de sa vie
    Son dévoûment à la triste Marie,
Je n'ai d'aucun plaisir accepté la douceur ! [fille,
Mais pour vous, pour l'hymen de votre aimable
    Qu'en ce palais, ce soir, la gaîté brille...
    Ordonnez tout... Et, moi-même, du bal
    Je veux donner l'heureux signal !

MELVIL, tombant aux pieds de la reine et lui baisant
la main.

A l'égal de Dieu même, ah ! soyez honorée,
De tous vos serviteurs bienfaitrice adorée !

(Melvil sort.)

SCÈNE III.

LES MÊMES, excepté MELVIL.

MARIE, apercevant Bothwell.

Bothwell !

BOTHWELL.

    Dans l'intérêt de ma noble maîtresse,
Un instant, sans témoins, puis-je l'entretenir ?

MARIE, à Georges et à Kennedy.

Allez !... qu'avec milord un moment on me laisse,
Et quand tout sera prêt, venez me prévenir !

(La suite de la reine se retire.)

SCÈNE IV.

MARIE, BOTHWELL.

BOTHWELL.

D'une imprudence extrême, avant que je com-
Permettez-moi d'implorer le pardon !... [mence,

MARIE.

Quel mystère ! En notre indulgence
Vous avez quelque foi, sans doute... Parlez donc !

BOTHWELL.

Il s'agit de complots... contre un époux infâme...
    Pour vous, dès long-temps préparés !

MARIE.

Des complots, dites-vous ?...

BOTHWELL.

            Et vous voyez, madame,
Devant vous, l'un des conjurés.
    Honteux de tant d'outrages
    Au malheur prodigués,
    De généreux courages
    Se sont enfin ligués !
    Au secours de la reine,
    Empressés de courir,
    Ils briseront sa chaîne,
    Ou sauront tous mourir !

MARIE.

    Ah ! leur noble vaillance
    S'exposerait en vain !
    Avez-vous l'espérance
    De changer mon destin ?
    Sous le manteau de reine,
    Condamnée à souffrir,
    Je dois traîner ma chaîne
    Jusqu'au dernier soupir !

BOTHWELL.

    Mais les jours du traître
    Sont en leur pouvoir !

MARIE.

Grands Dieux !

BOTHWELL.

            Il doit être
Immolé !

MARIE.

    Quand ?

BOTHWELL.

            Ce soir !

MARIE.

Vous serez là, Bothwell, pour prévenir le crime !

BOTHWELL.

Sans vous, rien ne peut l'arrêter !
Il n'est plus qu'un moyen de sauver la victime !

MARIE.

Digne de moi ?...

BOTHWELL.

            Vous pouvez l'accepter !
Ici, trop long-temps opprimée,
Dès ce soir, quittez ce palais...
Venez . . au sein de votre armée,
En appeler à vos sujets !
De Marie, au loin, la bannière
Ralliera tous les gens de cœur !
Et c'est une loyale guerre
Qui punira son oppresseur !

MARIE.

Que dites-vous? Quelle espérance !...
Ah! ce n'était pas sans raison,
Bothwell, qu'ici votre imprudence
D'avance implorait son pardon !

BOTHWELL.

Quoi ! madame!

MARIE.

La calomnie
N'a-t-elle pas assez flétri ma vie?
Que la reine au guerrier se confie un seul jour,
On la soupçonnera d'un criminel amour !

BOTHWELL.

Vous, madame ! et pour qui ?

MARIE.

C'est lui qui le demande !

BOTHWELL, avec joie.

Dieu !

MARIE.

Qu'avez-vous? quel trouble égare votre esprit?

BOTHWELL, aux pieds de Marie.

Cet aveu !... sans mourir, se peut-il qu'on l'en-

MARIE, le relevant, avec fierté.   [tende ?

Un aveu... Levez-vous, milord !... je n'ai rien dit !

ENSEMBLE.

—

MARIE.

Plus qu'il ne croit, sans doute,
A mon cœur il en coûte...
Mais, pour lui, je redoute
L'excès de son ardeur !
Aimer sans espérance
Et souffrir en silence,
Voilà mon existence,
Mon espoir, mon bonheur !

BOTHWELL.

Ah ! je rêvais, sans doute :
Hélas! quoi qu'il m'en coûte,
Désormais, ne redoute
Ni plainte ni fureur !
Souffrir sans espérance,
Adorer en silence,
Voilà mon existence,
Mon devoir, mon bonheur !

—

BOTHWELL.

Non ! vous n'avez rien dit... Une froideur cruelle
Doit seule, je le vois, récompenser mon zèle !
Ni trouble, ni pitié n'égarent votre esprit !
Rassurez-vous, madame! ah! vous n'avez rien dit !

MARIE, à part.

L'infortuné !

BOTHWELL.

Mais moi, dans mon délire,
Je puis, du moins, je puis vous implorer !
A vos genoux, je veux vous dire
Les tourmens qu'il me faut dévorer !

MARIE.

Non... non... je ne veux rien entendre !

BOTHWELL.

Auteur de tous mes maux, vous devez les com-

MARIE.   [prendre ?

Fuyez !...

BOTHWELL.

Vous me suivrez...

(Tirant son poignard)
Ou ce fer, sous vos yeux,
Vous délivre à jamais d'un amour odieux !

MARIE, frappée d'hallucination, à la vue du poignard (1).

Qu'ai-je vu!... que dit-il ?... Oses-tu bien, bar-
Du sang !... toujours du sang !   [bare !...

BOTHWELL.

Dieu ! sa raison s'égare !

MARIE.   [ver ?...

Par combien de douleurs, Dieu veut-il m'éprou-
Bothwell aussi !... C'est lui, qu'à son heure su-
[prême...
Je vois, pâle et sanglant, vers moi se soulever !...
Qu'il ignore à jamais, mon Dieu!... combien je
[l'aime !
Mais, au prix de mes jours... laissez-moi le sau-
[ver !

(Elle couvre Bothwell de son corps, comme s'il était
menacé, et tombe évanouie.)

<hr>

SCÈNE V.

LES MÊMES, puis GEORGES, KENNEDY,
SERVITEURS.

BOTHWELL.

Q'ai-je fait, malheureux !... Quelle affreuse im-
Accourez tous...   [prudence !
(A Georges, à Kennedy et aux serviteurs.)
Tâchez de calmer sa souffrance!
Marie, au nom du ciel! Marie, entendez-nous !
Voyez vos serviteurs pleurant à vos genoux !

TOUS.

Voyez vos serviteurs pleurant à vos genoux !

MARIE, revenant à elle.

Où suis-je !... du tombeau quelle voix me rappelle ?
(A Georges.)
C'est toi, Georges !
(A Kennedy.)
C'est toi, ma compagne fidèle !
(Voyant Bothwell.)
Bothwell !
(Elle se lève vivement, l'amène sur le bord du théâtre,
et l'interroge du regard.)
Dans mon sommeil, j'ai parlé... je le vois...
Ce sera donc, milord, pour la dernière fois !

(1) Depuis la mort de Rizzio, tué sous ses yeux, Marie Stuart ne pouvait supporter la vue d'un poignard.

BOTHWELL.

Que dites-vous?

MARIE.

Demain, vous partez pour la France!...
Aimable et doux pays que je ne dois plus voir!
Mon cœur vous y paiera de votre obéissance...
Et, quant à mon époux...

BOTHWELL.

   Je ferai mon devoir!

MARIE.

J'y complais!

ENSEMBLE.

—

BOTHWELL.

Partir! devoir sévère,
Loin d'elle, il faut porter mes pas.,.

Dans ma douleur amère,
Mon seul espoir est le trépas.
J'appelle, en ma misère,
La mort dans les combats;
Mais une image auguste et chère,
Au loin partout suivra mes pas.

MARIE.

Docile à ma prière,
Il part, l'honneur conduit ses pas:
Seigneur, à ma misère,
Épargne au moins de vains combats.
A me tromper moi-même
Je cherche en vain, hélas!
Tu sais, mon Dieu, qu'il m'aime,
Au loin mon cœur suivra ses pas.

(Tout le monde sort, et le théâtre change à vue.)

❖❖

DEUXIÈME TABLEAU.

Une salle de bal, au palais d'Holyrood.

SCÈNE I.

GEORGES, HUNTLEY, SEIGNEURS et DAMES.

HUNTLEY.

Savez-vous le sujet du *masque* de ce soir,
Beau page?

GEORGES.

Oui, messeigneurs! ici, vous allez voir,
A la cour d'Assuérus, Esther de ses rivales
Par sa seule beauté déjouer les cabales.
   (Il sort. — Entrée de Marie Stuart.)

MARIE, à Bothwell.

Songez au roi!

BOTHWELL, à Georges.

   De la part de la reine,
Allez... dites au roi qu'un intérêt puissant
Dans ce palais, près de sa souveraine,
Le réclame à l'instant.
     (Georges sort.)
(A Marie.)   [dre,
Auprès de vous, pour lui vous n'avez rien à crain-
Et Bothwell, dans l'exil, sera le seul à plaindre.

BALLET.

(Pour triompher de l'ennui d'Assuérus, après la répu-
diation de Vasthi, Aman lui présente, dans un divertissement, les beautés les plus remarquables de son
empire; la grâce et les attraits d'Esther captivent
Assuérus. Il la fait asseoir à côté de lui; une danse
générale célèbre le triomphe d'Esther.)
(A la fin du ballet, Marie inquiète, se lève et dit à
Bothwell.)

MARIE.

Mais l'heure avance... et le roi ne vient pas!
 (Voyant Georges.)
Georges!

GEORGES, baissant les yeux.
 Madame!

MARIE.

   Eh bien! pourquoi cet embarras?
GEORGES, hésitant toujours.
Le roi!... je l'ai trouvé la tête apesantie
Par le sommeil qui suit une imprudente orgie...
Et... de Sa Majesté... les ordres si pressans...
N'ont obtenu que refus offensans.

MARIE.

Le malheureux!

BOTHWELL, avec emportement.
   Dieu veut donc qu'il périsse!
MARIE, éperdue.
Allez, Bothwell, avant que son sort s'accomplisse...
Courez vous-même...

(On entend au dehors une explosion terrible et le bruit
d'un château qui s'écroule; à travers les fenêtres,
on voit les lueurs de l'incendie.)
   Il n'est plus temps!...

ACTE QUATRIÈME.

PREMIER TABLEAU.

Une salle du château de Loch-Leven.

SCÈNE I.

GEORGES, HAMILTON, KENNEDY.

GEORGES.

Mais c'est une infamie !
C'est une calomnie !
Vous êtes, sur l'honneur,
Un oiseau de malheur !
Au sein de la tristesse,
Outrager ma maîtresse,
C'est honteux !
C'est affreux !
Vous êtes un homme odieux !

KENNEDY.

George !

HAMILTON.

Et je vous dis, moi, malgré votre colère,
Que si, depuis deux mois, on la tient prisonnière,
C'est pour le bien public... pour calmer avant peu
La guerre qui, déjà, mettait l'Écosse en feu !

GEORGES, voulant l'interrompre.

Oh ! mon Dieu ! quel supplice !

HAMILTON, continuant.

N'est-elle pas complice
D'un homme, aux yeux de tous,
Meurtrier du roi son époux ?
Ainsi, monsieur son page
Doit changer de langage !
Vainement, voudrait-on
Prendre avec Hamilton
Ce ton !

ENSEMBLE.
—

GEORGES.

Mais, c'est une infamie !
C'est une calomnie !
Vous êtes, sur l'honneur,
Seigneur,
Un oiseau de malheur !

HAMILTON.

Criez à l'infamie !
Parlez de calomnie !
Mais j'en sais, par malheur,
Seigneur,
Beaucoup... pour son malheur.

KENNEDY.

Ici, la calomnie
Poursuit encor sa vie !
Vous lisez dans son cœur,
Seigneur !
Épargnez sa douleur !
—

KENNEDY, à Hamilton.

Mais ne voyez-vous pas, hélas ! dans sa misère,
D'un frère ambitieux
Le triomphe odieux ?
Par la révolte et l'or de l'Angleterre,
Il est déjà régent, et bientôt il espère
Du trône de sa sœur
S'emparer sans pudeur !

HAMILTON.   [sence,

Lui... le comte Murray... Madame... en ma pré-
Gardez de l'outrager... il est mon bienfaiteur...
De Loch-Leven c'est lui qui m'a fait gouverneur.

GEORGES.

Ainsi donc, vous croyez, vous, dans votre démence
Tout ce qu'au gré des sots la calomnie avance ?

HAMILTON.

Je crois... je crois... La voix qui domine en tout
Est, à mon sens, celle de Dieu !   [lieu,

GEORGES.

Il faut donc croire alors ce que pour votre femme
On impute à Murray de langoureuse flamme !

HAMILTON, pâlissant.

Murray !...

GEORGES.

Qui pour aimer la belle en liberté,
Vous confina, dit-on, dans ce poste écarté !

HAMILTON, troublé.

Ma femme !... quoi ! l'on dit ?...

GEORGES.

Partout.

HAMILTON, furieux.

Sur votre vie,

Taisez-vous... ou...

GEORGES, avec ironie.

La voix qui domine en tout lieu,
N'est-elle pas celle de Dieu ?

ENSEMBLE.
—

GEORGES, gaîment.

Criez à l'infamie !
Parlez de calomnie !
Mais j'en sais par malheur,
Seigneur,
Beaucoup pour votre honneur.
D'une action si noire,
Que tu ne veux pas croire,
Murray, ton bienfaiteur,
Est bien, cher gouverneur,
L'auteur.

HAMILTON, furieux.

Mais, c'est une infamie !
C'est une calomnie !
Attenter sans pudeur
   A mon bonheur,
   A mon bonneur !
D'une action si noire,
Que je ne saurais croire,
Murray, mon bienfaiteur,
Serait, pour mon malheur,
   L'auteur !

KENNEDY.

Il crie à l'infamie !
Hélas ! la calomnie
En tous lieux, sans pudeur,
   Attente au bonheur,
   A l'honneur.
D'une action si noire,
Qu'il refuse de croire,
Murray, son bienfaiteur,
Est-il pour son malheur,
   L'auteur ?

SCÈNE II.

Les Mêmes, MARIE, FLÉMING.

MARIE.

Quel bruit !

GEORGES, troublé et s'inclinant.
   La reine !

MARIE.
      Encor, je gage,
Quelque tour de notre beau page...
Pardonnez-lui, sir Hamilton !...
Il compose aujourd'hui toute notre maison...
   L'ennui gagne vite à son âge...
Et dans notre palais, dont nul ne peut sortir,
Ce n'est qu'à nos dépens qu'il se peut divertir !

HAMILTON, ému.

Pour moi lady Marie est...
(La reine le regarde avec fierté. Il se trouble et re-
   prend en s'inclinant.)
      La reine est trop bonne !
(Se frappant la poitrine.)
Le trait est là... pourtant je lui pardonne
S'il a dit vrai... car, dans ce cas, malheur !
A celui que j'aimais comme mon bienfaiteur !
       (Il sort.)

SCÈNE III.

Les Mêmes, excepté HAMILTON.

MARIE.

Il est parti... silence !... A son dernier voyage,
Le batelier n'a-t-il donc rien remis ?

GEORGES, montrant des vêtemens.
Ces vêtemens !...

MARIE.
     Cherchons... quelque secret avis
Peut s'y trouver !

GEORGES, après avoir cherché.
      Rien !... C'est de votre page
   Le modeste équipage.
Son pourpoint... sa toque... un manteau...
Et mon épée...
     (La prenant.)
     Hélas ! quand pourra mon courage
Au champ d'honneur la tirer du fourreau !
(Il sort l'épée du fourreau : on voit la lame entourée
   d'un parchemin.)

MARIE, s'emparant du billet.

Ah ! je le savais bien... c'est lui, plus de souffrance !
   Instruit de sa présence,
   De joie et d'espérance
   Mon cœur a tressailli !
   Partout sa voix fidèle
   Enflamme un noble zèle...
   Il m'attend, il m'appelle...
   Et Dieu me rend à lui !

ENSEMBLE.
—

MARIE.

C'est lui ! plus de souffrance, etc.

GEORGES et KENNEDY.

C'est lui ! plus de souffrance !
Instruit de sa présence,
De joie et d'espérance
Son cœur a tressailli !
Partout sa voix fidèle
Enflamme un noble zèle !
Mon Dieu ! veillez sur elle...
Mon Dieu ! veillez sur lui !...
—

MARIE, lisant.

« Nos amis sont en nombre :
» Sitôt que la nuit sombre
» Couvrira de son ombre
» Ces bois hospitaliers !
» Une barque rapide,
» Au pouvoir d'un perfide,
» Vous attend et vous guide
» Au sein de nos guerriers !...»
   (Avec joie.)
C'est lui ! plus de souffrance, etc.

ENSEMBLE.
—

MARIE.

C'est lui ! plus de souffrance, etc.

GEORGES et KENNEDY.

C'est lui ! plus de souffrance, etc.
—

SCÈNE IV.

LES MÊMES, HAMILTON, RUTHWEN, MORTON,
MURRAY, la visière baissée.

MARIE.

Qu'est-ce?

HAMILTON.

　　　Trois envoyés du conseil de régence,
Arrivés à l'instant, demandent audience!

MARIE.

Certes... si nous étions dans un autre palais,
Devant nous nul agent de ce conseil rebelle
　　　Ne paraîtrait jamais!
Mais, captive en ces lieux, sans armes ni tutelle,
De la nécessité nous subissons la loi!

　(S'asseyant.)
Que nous veut-on?

　　　　　(Les envoyés entrent. Voyant Ruthwen.)
　　　　　Grand dieu! ce monstre devant moi!
On vous a commandé sans doute un nouveau crime!
Mais qui choisirez-vous cette fois pour victime?
(Montrant Murray et Morton qui lui restent inconnus.)
Ruthwen pouvait, comme eux, à se montrer moins
　　　　　　　　　　　　　[prompt,
Cacher avec ses traits la rougeur de son front!

RUTHWEN.

Je ne me cache point au jour de la vengeance!
Et...

　　　MURRAY, l'arrêtant, à demi-voix.

Ruthwen!

　　　HAMILTON, à part.

　　　Cette voix!... lui! se peut-il?

　　　MURRAY, à Hamilton.

　　　　　　Silence!

(Hamilton fait un geste, et comprime sa fureur; mais
　il lance, à la dérobée, de sinistres regards sur
　Murray.)

RUTHWEN.

Au risque de blesser qui nous blesse si bien,
Je parlerai sans crainte et sans déguiser rien...
Assez... et trop long-temps pour appeler aux armes
　　　Des soupiraus fanatisés,
　　　Du fatal pouvoir de vos charmes
Et du titre de reine ici vous abusez!
Armé pour vous punir... le conseil de régence
Une dernière fois veut user d'indulgence!

　(Montrant un parchemin.)
Abdiquez la couronne en signant cet écrit,
Et suivez dans l'exil votre Bothwell... J'ai dit.

MARIE.

Bothwell... S'il était là... ton arrogance infâme
Aurait moins de courage à braver une femme!
Va... rends à tes pareils un service nouveau!
Réclame... il t'est bien dû... l'office de bourreau!
Mais, au risible arrêt qu'un assassin m'annonce,
Le mépris seul est ma réponse!

(Aux trois envoyés.)
Sortez de ma présence!
Dans sa brutalité
Un lâche ici m'offense,
Sûr de l'impunité!
Mais au courroux céleste
On n'échappe jamais!
Sortez... Dieu, que j'atteste,
Punira vos forfaits!

Sortez de ma présence, etc.

MURRAY.

Ruthwen en vain l'offense!
Par la haine emporté!
D'une noble assurance
Rien n'abat la fierté!
D'un avenir funeste
Pressentimens secrets!
A la rigueur céleste
N'échappe-t-on jamais?

ENSEMBLE.
—

MARIE.

Sortez de ma présence, etc.

MURRAY.

Ruthwen en vain l'offense, etc.

RUTHWEN, à Murray.

Comptez sur ma prudence!
Sûrs de l'impunité,
D'une vaine assurance
Nous vaincrons la fierté!
Point de terreur funeste!
A tout nous sommes prêts!
Par l'enfer que j'atteste,
Je réponds du succès!

GEORGES et KENNEDY.

Tremblez en sa présence!
Dans sa brutalité,
Un lâche ici l'offense,
Sûr de l'impunité!
Mais au courroux céleste
On n'échappe jamais!
Tremblez! Dieu, qu'elle atteste,
Punira vos forfaits!

MORTON, à Murray.

Comptez sur sa prudence!
Sûr de l'impunité,
D'une vaine assurance
Il vaincra la fierté!
Point de terreur funeste!
A tout nous sommes prêts!
Par l'enfer, qu'il atteste,
Il répond du succès!

HAMILTON.

Espoir de la vengeance,
Guide un bras irrité!
De Murray la puissance
Croit à l'impunité!

Son amitié funeste
Flétrit par des bienfaits !
La mienne, je l'atteste,
Punira ses forfaits !

—

GEORGES, bas, à Marie.

La nuit s'avance... et sur la rive
Nous attend un libérateur !...

RUTHWEN , saisissant la main de Marie avec son gan-
telet de fer.

Par saint Dunstan, quoi qu'il arrive,
Vous signerez !...

MARIE.

Sans déshonneur
Je le puis maintenant...
            (Montrant son bras mutilé.)
                        Oui... de la violence,
En traits sanglans la preuve est là...
                        (Elle signe.)
Félicitez mon frère !... à fonder sa puissance
Un titre glorieux demain lui servira.

ENSEMBLE.

—

MARIE.

Oui, le succès trahit son espérance ;
Vil instrument, par la haine emporté ,
Il a flétri l'acte que sa démence
Crut m'arracher avec impunité.
            Mais l'avenir me reste !
            Mes vengeurs sont tout prêts,
            Et le ciel , que j'atteste,
            Punira leurs forfaits.
                    MURRAY.
Ah ! le succès trahit mon espérance;
Vil instrument , par la haine emporté,
De mes conseils dédaignant la prudence ,
Il a flétri ce pacte rejeté.
            Quel avenir funeste ,
            Pressentimens secrets,
            A la rigueur céleste
            On n'échappe jamais.
                    RUTHWEN.
Le sort, enfin, comble mon espérance,
Oui, désormais, sûr de l'impunité,
Je tiens le pacte... elle est en ma puissance...
Du sang royal j'ai vaincu la fierté !
    (A Murray.)
            Sa rage en vain proteste,
            Mes moyens sont tout prêts !
            Par l'enfer, que j'atteste ,
            Je réponds du succès !
                    MORTON.
            Elle est en sa puissance !
            Sûr de l'impunité ,
            D'une vaine assurance
            Il vaincra la fierté ! etc.

    (A Murray.)
            Il vous répond du reste :
            S   moyens sont tout prêts:
            Par l'enfer, qu'il atteste ,
            Il répond du succès.
                    HAMILTON.
N'hésitons plus ! Espoir de la vengeance,
Soutiens mon cœur, guide un bras irrité.
D'un imposteur l'odieuse puissance
En vain ici croit à l'impunité.
            Son amitié funeste
            Flétrit par ses bienfaits !
            Mais mon bras, je l'atteste,
            Punira ses forfaits !
                GEORGES et KENNEDY.
            Trop heureuse imprudence !
            Par sa brutalité ,
            Il a flétri d'avance
            Un pacte rejeté !
            Oui , l'avenir nous reste !
            Nos vengeurs sont tout prêts !
            Demain, Dieu, que j'atteste ,
            Punira leurs forfaits !

—

(Ruthwen , Murray , Morton et Hamilton sortent.)

<hr>

SCÈNE V.

MARIE, GEORGES, KENNEDY, FLEMING.

                    GEORGES.
    Ils sont partis !
                    KENNEDY.
            Il était temps !
                    GEORGES.
Oui... je craignais que leur présence
Ne vînt détruire tous nos plans !
                    MARIE.
Mais où vont-ils ?
        GEORGES, regardant par une fenêtre.
                        Chez Hamilton , je pense...
A les bien recevoir, le geôlier occupé ,
Ce soir, malgré sa vigilance,
Sera facilement trompé !
        KENNEDY, regardant par l'autre fenêtre.
Ah !
                    GEORGES.
    Qu'avez-vous ?
                    KENNEDY.
                        La sentinelle
Vers nous agite un rameau vert...
                    MARIE.
Voici l'heure...
            KENNEDY, continuant.
                        Et de la tourelle
Nous montre le passage ouvert.

MARIE , regardant à son tour.
La barque est là... puis voici le fanal
Qui doit nous donner le signal !
(Fleming sort pour préparer la fuite de Marie.)

ENSEMBLE.

—

MARIE , GEORGES , KENNEDY.
Le jour déjà fuit...
Hâtons-nous sans bruit :
Le sort nous sourit ,
Le malheur s'enfuit...
Dans l'ombre de la nuit
L'espoir qui nous luit

Au port bientôt nous conduit
Sans bruit.

Quand d'un frère ingrat qui m'offense
          l'offense

Il faut redouter la puissance,
O divine Providence,
Ne nous abandonne pas ,
Et dans l'ombre et le silence
Viens guider nos pas !...

Le jour déjà fuit , etc.

(Ils sortent et le théâtre change à vue.)

DEUXIÈME TABLEAU.

Dans le fond, le château de Loch-Leven. — L'avant-scène figure le rivage.

SCÈNE I.

BOTHWELL , SEYTON, Lords écossais , partisans de Marie Stuart.

BOTHWELL, penché sur le lac.
Oui... je les vois... sur les flots, en silence,
Regardez... la barque s'avance...
Nos cavaliers ?...
    SEYTON.
     Eclairent la forêt !...
    BOTHWELL.
Son palefroi ?...
    SEYTON.
   Sellé !... Tout est là !... tout est prêt !
(On voit s'éclairer les fenêtres du château.)
    BOTHWELL.
Dieu ! tout à coup le château s'illumine !
    SEYTON.
Oui... le cerbère , j'imagine,
S'est aperçu de leur départ !
    BOTHWELL.
Ils seront poursuivis !
    SEYTON.
     Trop tard.
(On entend des coups de feu.)
    BOTHWELL.
Ces coups de feu !
    SEYTON.
   N'ont dû blesser personne !
Rassurez-vous !
    BOTHWELL.
   La force m'abandonne !
   MARIE, dans le lointain.
Bothwell !
    BOTHWELL.
   Marie !
(Il court au devant d'elle ; on voit arriver la barque
qui porte la reine, Georges, Kennedy et Fleming.)
   MARIE STUART.

SCÈNE II.

LES MÊMES, MARIE , GEORGES, KENNEDY,
FLEMING, Matelots.

MARIE, sautant à terre et relevant Bothwell, qui s'es
jeté à ses pieds.
    Ah ! sur mon cœur,
Je puis donc presser mon sauveur !
ENSEMBLE GÉNÉRAL.

—

Mon Dieu ! je te rends grâce !
Après tant de douleur,
Est-il rien que n'efface
Pour jamais un tel bonheur ?
Achève ton ouvrage,
Seigneur ! daigne, aujourd'hui,
A l'honneur, au courage ,
Accorder ton appui.
   LE CHOEUR.
Partons... et Dieu, dans les combats,
Saura guider nos bras.

—

   MARIE.
Marchons, je vous confie
Ma couronne et ma vie,
Et Dieu, dans les combats,
Saura guider vos bras.
   BOTHWELL.
Auguste prisonnière,
Dieu, sous votre bannière,
Saura dans les combats
Guider nos bras.

ENSEMBLE.

—

Mon Dieu ! je vous rends grâce ! etc.
   LE CHOEUR.
Partons... etc.
(La reine sort à la tête de ses partisans.)

4

ACTE CINQUIÈME.

PREMIER TABLEAU.

Une salle du château de Fotheringay.

SCÈNE I.

ELISABETH, MELVIL, BURLEIGH,
SUITE D'ÉLISABETH.

MELVIL., à Élisabeth.
C'est là que depuis dix-huit ans
Gémit l'auguste prisonnière !
Depuis dix-huit ans elle espère
Qu'Élisabeth aura pitié de ses tourmens !

ÉLISABETH.
C'est donc sa grâce, enfin, que de nous elle implore !
Quand de notre justice, une vaine fierté
Hier, osait, dit-on, se plaindre encore !
En un cœur repentant j'aime l'humilité !...   [elle
Sa vie est en mes mains... Tous ceux qu'avait pour
Armés, depuis vingt ans, sa beauté criminelle,
Les Douglas... les Norfolk... voués au même sort,
Condamnés ou vaincus, tous ont trouvé la mort !
Bothwell enfin, Bothwell, auteur de sa misère,
Chassé depuis dix ans d'Ecosse et d'Angleterre,
Contre le froc d'un moine, échangeant son blason,
Dans un couvent d'Islande à laissé sa raison !
De moi seule aujourd'hui son destin va dépendre !

MELVIL.
Un seul instant daignez l'entendre !
Reine, et pour les jours d'une sœur
Je ne crains rien... je connais votre cœur !

ÉLISABETH.
AIR.
Oui, sur ce cœur, de la clémence
On connaît trop bien le pouvoir !
Trop souvent sa douce éloquence
Étouffa la voix du devoir !
N'importe... au penchant qui m'entraîne,
Je veux encor m'abandonner !
Le premier bonheur d'une reine,
Croyez-moi, c'est de pardonner !

BURLEIGH, bas.
Y pensez-vous... quelle imprudence !
L'intérêt de l'état !...
ÉLISABETH, de même.
Silence !
C'est elle-même... ici... n'en doutez pas,
Qui forcera la reine à signer son trépas !
Haut, à Melvil.)
Oui, sur mon cœur de la clémence , etc.
Mais pour la voir que dois-je faire ?
MELVIL, montrant Burleigh.
Pour un instant... milord ne peut-il pas
Laisser, dans ces jardins , errer sa prisonnière ?...
Au retour de la chasse, ici, guidant vos pas,
Le hasard seul...
ÉLISABETH , à Burleigh.
Oui... c'est Dieu qui l'éclaire...
Allons, milord ! pour la chasse partons,
Et dans ces murs bientôt nous reviendrons !
Allons... que tout s'empresse
Au signal du chasseur !
L'espoir qu'ici je laisse
Doit nous porter bonheur !
Semez sur mon passage
Et l'or et les bienfaits !
Qu'aujourd'hui tout présage
Le bonheur et la paix !
CHŒUR.
Semons sur son passage , etc.
ÉLISABETH , à Melvil.
Vous voyez si j'espère.
Melvil, en sa raison :
On peut à la prière
Accorder son pardon !
(A sa suite.)
Allons ! que tout s'empresse, etc.
LE CHŒUR.
Semons sur son passage, etc.
(Tout le monde sort, le théâtre change à vue.)

DEUXIÈME TABLEAU.

Les jardins de Fotheringay. — A gauche, un donjon.

SCÈNE I.

MARIE, sortant de sa prison, KENNEDY.

KENNEDY.

Madame !

MARIE.

Ah ! laisse-moi !

AIR.

Cette onde claire et pure,
Son frais et doux murmure,
Ces fleurs, cette verdure,
Ce séjour enchanté...
Tout semble me sourire !
Partage mon délire...
Je renais, je respire
L'espoir, la liberté !
Non ! ce n'est point un rêve !
Dieu m'ouvre ma prison !
A la tombe il m'enlève;
J'ai toute ma raison !...

Ces fleurs, cette verdure, etc.

SCÈNE II.

LES MÊMES, MELVIL.

MARIE, tendant la main à Melvil.

Melvil !

MELVIL.

Enfin le ciel a comblé notre espoir !

MARIE.

Comment ?...

MELVIL.

La reine vient !

MARIE, avec effroi.

Dieu !

MELVIL.

Vous allez la voir !

MARIE.

La voir... Élisabeth !... ma mortelle ennemie !...
A qui je dois mes fers... qui menace ma vie !...

MELVIL.

Il le faut !

MARIE, se jetant dans les bras de Kennedy.

Mais il faut aussi que mes aïeux,
Sur mon abaissement puissent fermer les yeux !

SCÈNE III.

LES MÊMES, ÉLISABETH, SEIGNEURS, PEUPLE.

CHŒUR.

Vive notre souveraine !
C'est Dieu qui l'amène ici !

ÉLISABETH.   [sans peine...

Tant d'amour m'a touchée... oui, j'en conviens
Merci, mes bons amis, merci !   [reine,
Mais calmez ces transports... ce n'est point une
C'est Dieu seul qu'on adore ainsi !

LE CHŒUR.

Vive notre souveraine, etc.

(Le chœur sort.)

ENSEMBLE.

ÉLISABETH, regardant Marie.

La voilà donc cette beauté si fière,
Dont les attraits, partout vainqueurs,
Jusqu'en ma cour, certains de plaire,
Me disputaient les cœurs !

MARIE.

Ah ! quel regard!... son âme altière
S'est révélée en sa fureur ?
Sans m'avilir ! Dieu tutélaire,
Comment trouver le chemin de son cœur ?

ÉLISABETH, à Melvil.

Où me conduisez-vous ?...

(Montrant Marie.)

Et quelle est cette femme ?

(Mouvement de Marie.)

MELVIL.

Voyez ces murs, madame !
Ils répondent pour nous !

ENSEMBLE.

ÉLISABETH.

La voilà donc cette beauté si fière, etc.

MARIE.

Ah ! quel regard ! d'une âme dure et fière, etc.

ÉLISABETH.

Mais qui donc me parlait de larmes, de respect ?

MELVIL.

Comment ne pas trembler à votre auguste aspect ?

MARIE, faisant un effort sur elle-même.

Dieu vous a donné la victoire !
Madame, adorons ses décrets !
A sa justice il nous faut croire :
En m'inclinant, je m'y soumets !

Mais une reine infortunée
Se doit-elle abaisser en vain ?
Non... Vous plaindrez sa destinée,
Ma sœur, et lui tendrez la main !

ÉLISABETH.

N'est-il pas vrai qu'à cette place
Sans pitié vous sauriez me voir,
De tant de complots si l'audace
Avait renversé mon pouvoir ?

MARIE.

C'est une rigueur inutile
Qui m'a fait plaindre en mes revers !
Ici j'implorais un asile,
Et vous m'avez donné des fers !...
Mais je veux n'accuser personne :
Du destin déplorons les coups !
Pardonnez comme je pardonne !
Nul étranger n'est entre nous !

(Tombant aux pieds d'Élisabeth.)

Une sœur à vos pieds implore
Un geste... un mot... tendant la main !...
L'y tiendrez-vous long-temps encore ?...
Madame, attendra-t-elle en vain ?

ÉLISABETH, la relevant.

Mais si je pardonnais... quel gage
De votre foi me pourrait-on donner ?

MARIE, d'un ton de dignité blessée.

Madame !...

(A part.)

Ah ! je sens mon courage
Prêt à m'abandonner.

ÉLISABETH.

Des sermens !... Aux rois de la terre
Les Guise n'ont-ils pas appris
Quelle paix on doit faire
Avec ses ennemis ?...

MARIE, se contraignant à peine.

Madame !...

ÉLISABETH.

A qui trouva jadis un bras docile
Pour assassiner un époux,
Sera-t-il pas toujours facile
D'en trouver mille
Contre nous ?

MARIE.

Madame !... Ah ! c'en est trop... et si j'ai pu me

ÉLISABETH.   [taire...

Eh ! quoi !... de vos amours, sus de toute la terre,
Le récit vous semble étonner !

Calmez-vous... je suis sans colère,
Et prête à pardonner !

MARIE.

Oui... l'on connaît ma vie !
Au malheur indigné,
Par la haine et l'envie
Rien ne fut épargné !...
Mais je n'ai pas du moins, dans le mensonge ins-
D'une vierge timide affectant les rigueurs, [truite,
Caché pendant vingt ans sous un masque hypo-
De scandaleux amours les stériles ardeurs ! [crite

ÉLISABETH, à sa suite.

Vous l'entendez, milords !

(Tous les courtisans font un geste d'indignation.)

MELVIL, à Marie.

A vous perdre engagée !...

MARIE.

Eh ! que m'importe à moi... je me serai vengée !
(A Élisabeth.)   (m'entendra,
Vous voulez qu'on m'entende... eh bien ! l'on
Et par ma voix ici c'est Dieu qui parlera !...

Du trône d'Angleterre
Indigne usurpateur,
Le fruit de l'adultère
Flétrit l'antique honneur.
A mes pieds, si dans l'âme
Vous restait quelque foi,
Vous trembleriez, infâme,
Car la reine... c'est moi !

ENSEMBLE.

ÉLISABETH.

Tonne, éclate, ô ma vengeance !
Ah ! de l'entendre il m'en a trop coûté ;
J'ai dévoré trop d'affronts en silence :
Sur elle éclate en liberté !
Ah ! j'ai pu sous le sien abaisser mon regard,
Quand sa haine en mon sein enfonçait le poi-
[gnard ;
Rien ne peut maintenant l'arracher au trépas !
Oui, tu mourras !

MARIE.

Tonne, éclate, ô ma vengeance !
De me contraindre il m'en a trop coûté ;
J'ai dévoré trop d'affronts en silence :
Sur elle éclate en liberté !

(Tout le monde sort et le théâtre change à vue.)

TROISIÈME TABLEAU.

Une salle du château de Fotheringay, ouvrant sur une autre salle, dont la vue est cachée par des draperies de couleurs sombres.

SCÈNE I.

BURLEIGH, RANDOLPH.

BURLEIGH.
Doublez partout la garde, et pressez les apprêts !
(On entend sonner sept heures.)
Dans une heure elle aura payé tous ses forfaits !

RANDOLPH.
Les nobles du comté, par ordre de la reine,
Sont déjà réunis dans la salle prochaine !

BURLEIGH.　　　　　　　　　[reur
Oui... Dans ces temps maudits, il faut par la ter-
Du papisme à jamais décourager l'ardeur !...
Mais, qu'ai-je appris !... Bothwell, au péril de sa
N'est-il pas revenu pour défendre Marie ?　[vie,

RANDOLPH.
En s'accusant lui-même, il prétend la servir !
　D'un insensé, prêt à tout entreprendre,
　　A l'instant j'ai dû me saisir !..
　Mais la reine a voulu l'entendre !

BURLEIGH.
Je le sais !

RANDOLPH.
　Auprès d'elle il est encore !

BURLEIGH.
　　　　　　　　　Eh bien !

RANDOLPH.
Fau -il attendre ?

BURLEIGH.
Non !

RANDOLPH.
　　　Rien n'est à changer ?

BURLEIGH.
　　　　　　　　Rien.
(Randolph sort.)

SCÈNE II.

BURLEIGH, MELVIL, KENNEDY, Seigneurs Serviteurs de Marie.

(Marche lugubre. Plusieurs seigneurs anglais traversent le théâtre, pour se rendre dans la salle de l'exécution. Derrière eux marchent les serviteurs de la reine ; ils restent en scène avec Melvil. Kennedy entre du côté opposé et vient les rejoindre.)

MELVIL, à Burleigh.
En ces lieux nous retient un pénible devoir,
Milord !

BURLEIGH.
Oui... c'est ici que vous pourrez la voir !

KENNEDY.
Milord n'a pas sans doute oublié sa prière ?

BURLEIGH.
Quest-ce !

KENNEDY.
　Pour l'assister à son heure dernière.
Elle demande un prêtre ?...

BURLEIGH.
　　　　　　Un papiste encor ! non !
Qu'elle abjure en mourant, ou meure sans pardon.
(Il sort.)

SCÈNE III.

KENNEDY, MELVIL, Serviteurs, puis MARIE.

KENNEDY, à Melvil.
C'en est donc fait... c'est là qu'une tête royale...
J'ai tout vu... l'échafaud couvert d'un voile noir !
Les soldats.... le bourreau... cette hache fatale...

MELVIL, voyant entrer Marie.
La voici... cachez-lui du moins ce désespoir !

MARIE, vêtue de son costume royal.
　Eh bien ! pourquoi ces pleurs,
　Quand de la délivrance
　L'heureux instant s'avance,
　Après tant de douleurs ?
　D'amour ce dernier gage
　A mon cœur est bien doux !
　Mais il faut du courage...
　Allons... consolez-vous !

CHŒUR.
Dieu de bonté, l'entendez-vous !

MARIE.
De ces bijoux, votre héritage,
J'ai fait moi-même le partage...
Pour assurer votre avenir,
Je n'ai ni pouvoir ni richesse !
Qu'en vous quittant, votre maîtresse
　Du moins vous laisse
　Un souvenir !...
Mais le ministre saint dont j'attends l'assistance
Ne vient-il pas ?

(Silence.)
Qu'avez-vous ? quel silence !
Anna... se peut-il... refusé !
Les malheureux... ils ont osé...
Non ! je ne mourrai pas comme une sacrilége !
D'un prêtre de ma foi Melvil me tiendra lieu.
(A Melvil.)   [lége.
Le ciel aux cheveux blancs donne un saint privi-
Jadis mon serviteur, soyez celui de Dieu !

MELVIL.

Oui, je le remplirai ce divin ministère !
Que le pardon sur vous descende à ma prière !
A ce cœur repentant, pour vous si plein d'amour,
Délivré par la foi des erreurs de la terre,
Ouvrez, Seigneur, ouvrez le céleste séjour !
Partez, Dieu vous appelle au céleste séjour !

ENSEMBLE
—
MELVIL.

Oui... le pardon sur vous descend à ma prière !
Vers le ciel, élevez ce cœur si plein d'amour !
L'or pur est éprouvé... Loin des bruits de la terre,
Partez ! Dieu vous appelle au céleste séjour.

KENNEDY et LE CHŒUR.

Que le pardon, Seigneur, descende à sa prière !
Vers vous s'est élevé ce cœur si plein d'amour !
L'or pur est éprouvé... Loin des bruits de la terre,
Partez ! Dieu vous appelle au céleste séjour !

SCENE IV.

LES MÊMES, BURLEIGH, GARDES.

(On entend sonner huit heures. — Burleigh paraît,
suivi de gardes; en voyant ce cortége, Kennedy se
jette aux pieds de Marie et couvre sa main de larmes.)

KENNEDY.

Madame !...

MARIE.

Allons, Anna, c'est toi qui, la première,

A la lumière
Ouvris mes yeux...
Viens... j'ai compté sur toi pour fermer ma pau-
Et pour m'arracher de ces lieux.   [pière

BURLEIGH.

Chargé d'un devoir rigoureux,
Je viens pour recueillir au moins vos derniers
MARIE.   [vœux !

Melvil accomplira ma dernière espérance !
Par lui, ma cendre un jour doit reposer en France...
(Motif de la romance du premier acte.)
Dans ce beau pays, mes amours !...
Mon cœur y demeura toujours !
(Elle sort suivie d'Anna Kennedy et de Burleigh.)

SCENE V.

MELVIL, SERVITEURS, puis BOTHWELL.

MELVIL.

Voilà donc le destin des puissans de la terre !
BOTHWELL, au dehors.

Marie !

MELVIL.

Ah ! quelle voix !
BOTHWELL, au milieu de soldats qui lui barrent le
passage.

Redoutez ce poignard !
Ou laissez-moi !

MELVIL.

Bothwell !

BOTHWELL.

Seul, j'ai commis le crime...
Seul, je dois l'expier... Epargnez la victime !...
(Montrant un parchemin.)
Sa grâce est là... la reine a pardonné !...

(On le laisse passer : il court au fond, l'entr'ouvre :
et voit les seigneurs agenouillés dans une salle tendue de noir.)

Trop tard !
(Il tombe mort dans les bras de Melvil.)

FIN DE MARIE STUART.

Paris. — Imprimerie de Boulé et Ce, rue Coq-Héron, 3.

NOTES.

Lorsque, après la mort de François II, Marie Stuart dut retourner en Écosse, elle fit demander à Élisabeth un sauf-conduit pour la traversée. Non seulement Élisabeth le refusa, mais encore elle envoya des vaisseaux pour s'emparer de la reine d'Écosse. Quand Marie apprit ce refus, par l'ambassadeur d'Angleterre en France, sir Throckmorton, elle fit une réponse empreinte à la fois de dignité et d'une sorte de pressentiment de l'avenir : « Si les préparatifs de mon départ n'étaient pas si avancés, dit-elle, peut-être que la dureté de la reine, votre maîtresse, pourrait arrêter mon voyage ; mais me voici déterminée à risquer l'aventure, quoi qu'il en puisse advenir. J'espère que le vent sera assez favorable pour ne pas me forcer d'aborder sur la côte d'Angleterre ; mais, *si j'y aborde, eh bien! monsieur l'ambassadeur, la reine, votre maîtresse, m'aura dans ses mains, pour faire de moi ce qu'elle voudra. Si elle est assez cruelle pour souhaiter ma mort, elle agira selon son bon plaisir et me sacrifiera. Qui sait si cet événement ne vaudrait pas mieux pour moi que la vie qui m'est réservée? En ceci, que la volonté de Dieu s'accomplisse!* »

Marie, par un heureux stratagème, déjoua les projets d'Élisabeth ; et voici, sur cette traversée, les détails naïfs et touchans que Brantôme, qui accompagnait la reine d'Écosse, nous a laissés dans les *Dames Illustres* :

«... S'estant acheminée par terre à Calais, accompagnée de messieurs tous ses oncles, M. de Nemours, et de la plupart des grands et honnestes de la cour, ensemble des dames, comme de mesdames de Guyse et autres, tous regrettans et pleurans à chaudes larmes l'absence d'une telle reyne, elle trouva au port deux gallères, l'une de M. de Mevillon, l'autre du capitaine Albize, et deux navires de charge seulement pour tout armement : et six jours après son séjour de Calais, ayant dict ses adieux piteux et pleins de soupirs à toute la grande compaignie qui estoit là, depuis le plus grand jusques au plus petit, s'embarqua ayant de ses oncles avec elle messieurs d'Aumale, grand-prieur, et d'Elbœuf, et M. d'Amville, aujourd'huy M. le connestable, et force noblesse que nous estions avec elle dans la gallère de M. de Mevillon, pour estre la meilleure et la plus belle.

» Ainsy donc qu'elle commençait à vouloir sortir du port, et que les rames commençoient à se vouloir mouiller, elle y vit entrer en pleine mer, et tout à coup à sa veue, s'enfoncer un navire devant elle et se périr, et la plupart des mariniers se noyer, pour n'avoir pas bien pris le courant et le fond ; ce qu'elle voyant, s'écria incontinent : « Ah! mon Dieu! quel augure de voyage » est cecy! » Et la gallère estant sortie du port, et s'estant eslevé un petit vent frais, on commença à faire voile, et la chiourme se reposer. Elle, sans songer à autre action, s'appuia les deux bras sur la pouppe de la gallère du costé du timon, et se mit à fondre en grosses larmes, jettant toujours ses beaux yeux sur le port et le lieu d'où elle estoit partie, prononçant toujours ces tristes paroles : « Adieu France! adieu France! » les répétant à chaque coup ; et lui dura cet exercice dolent près de cinq heures ; jusques qu'il commença à faire nuict, qu'on luy demanda si elle ne se vouloit point oster de là. Alors, redoublant ses pleurs plus que jamais, dit ces mots : « C'est bien à ceste » heure, ma chère France, que je vous perds du » tout de veue, puisque la nuict obscure et jalouse » de mon contentement de vous voir tant que » j'eusse peu, m'apporte un voile noir devant » mes yeux, pour me priver d'un tel bien. Adieu » donc, ma chère France, je ne vous verray jamais » plus! » Ainsy se retira, disant qu'elle avait faict tout le contraire de Didon, qui ne fit que regarder la mer, quand Énée se despartit d'avec elle, et elle, regardait toujours la terre. Elle voulut se coucher, et ne voulut descendre en bas dans la chambre de pouppe ; mais on lui fit dresser la traverse de la gallère en haut de la pouppe, et lui dressa-t-on son lict ; et reposa peu, n'oubliant nullement ses soupirs et ses larmes. Elle commanda au timonier, sitost qu'il seroit jour, s'il voyoit et decouvroit encore le terrain de France, qu'il l'esveillast, et ne craignist de l'appeler. A quoy la fortune la favorisa ; car le vent s'estant cessé, et ayant eu recours aux rames, on ne fit guières de chemin ceste nuict ; si bien que, le jour paressant, parut encore le terrain de la France ; et n'ayant failly le timonnier au commandement qu'elle lui avoit faict, elle se leva sur son lict, et se mit à contempler la France encore et tant qu'elle peut. Mais la gallère s'éloignant, elle esloigna son contentement, et ne vist plus son beau terrain. Adonc redoubla encore ces mots : « Adieu » la France! je pense ne vous voir jamais plus! »

» Si désira-t-elle ceste foys qu'une armée d'Angleterre parust, de laquelle nous estions fort menacés, afin qu'elle eut subject et contrainte de relascher en arrière, et se sauver au port d'où elle estoit partie ; mais Dieu en cela ne l'a voulu favoriser à ses souhaits, car sans aucun empeschement, nous arrivâmes au Petit-Leet (1). »

MORT DE MARIE STUART.

Née le 8 décembre 1542, Marie Stuart mourut le 8 février 1587.

« On avait dressé, dans la salle du château de Fotheringay, un échafaud large de douze pieds sur deux de hauteur ; la salle était tendue de drap noir, et l'échafaud était couvert d'un tapis de velours de la même couleur (2).

» Marie Stuart avait adressé trois demandes à Élisabeth. Elle désirait : 1° Que son corps fût envoyé en France ; 2° qu'il fût permis à ses domestiques de conserver les legs qu'elle était dans l'intention de leur laisser ; 3° enfin, qu'elle fût exécutée publiquement, afin d'ôter à ses ennemis la possibilité de dire, comme on l'avait dit de beaucoup d'autres, que le désespoir l'avait portée à abréger ses jours. Sa lettre se terminait ainsi : « Ne m'accusez pas de présomption, si, abandonnant ce monde pour un meilleur, je vous remonstre qu'un jour vous aurez à respondre de vostre charge, aussi bien que ceux qui y sont envoyés les premiers. »

» Elle demanda que ses domestiques assistassent à sa mort. — Certainement, dit-elle au comte de Kent et au comte de Shrewsbury, commissaires, votre maîtresse, une vierge-reine, permettra, par égard pour son propre sexe, que j'aie à

(1) Leith, près d'Edimbourg.
(2) *Histoire de Marie Stuart*, publiée à Londres, en 1742. T. II, Bibliothèque royale, N. 941-3.

ma mort quelques unes de mes femmes autour de moi ? — Ne recevant pas de réponse, elle continua : — Vous m'accorderiez, je pense, quelque faveur bien plus grande, si j'étais une femme d'un rang inférieur à celui de reine d'Écosse. — Le silence continuant toujours, elle reprit avec véhémence : — Ne suis-je donc plus la cousine de votre reine, issue du sang royal de Henri VII, reine de France par mariage, et sacrée reine d'Écosse ? — Ces paroles ébranlèrent le fanatisme du comte de Kent, et l'on résolut de faire entrer quatre des hommes de sa maison et deux femmes. Elle choisit son intendant Melvil, son médecin, son pharmacien, son chirurgien, ainsi que ses filles d'honneur Kennedy et Curle...

» Alors le cortége s'avança. Il était conduit par le shérif et ses officiers ; derrière venaient Pawlet et Drury, les comtes de Kent et de Shrewsbury, et, enfin, paraissait la reine d'Écosse, suivie de Melvil, qui portait son manteau. Elle avait revêtu le plus riche de ses habillemens, le plus convenable à son rang de reine douairière.

» La démarche de Marie Stuart était ferme, et sa contenance assurée. Elle soutint sans faiblesse les regards des spectateurs (c'étaient les gentilshommes du comté et leur suite, la garde de Pawlet ; en tout, cent cinquante à deux cents personnes), la vue de l'échafaud, du billot, de l'exécuteur, et s'avança dans la salle avec cette grâce et cette majesté qu'en des jours plus heureux elle avait si souvent déployées dans le palais de ses pères.

» ..... Après la lecture de la sentence, Marie, d'une voix sonore, harangua l'assemblée. Elle avait à rappeler, dit-elle, qu'elle était princesse souveraine, non soumise à la juridiction du Parlement d'Angleterre, mais entraînée dans ces lieux pour y tomber victime de l'injustice et de la violence. Toutefois, elle remerciait Dieu de lui avoir donné cette occasion de faire publiquement sa profession de foi, et de déclarer, comme elle l'avait déjà fait souvent, qu'elle n'avait jamais inventé, encouragé ni approuvé aucun complot contre la vie de la reine d'Angleterre, à laquelle elle n'avait jamais songé à faire aucun tort. Beaucoup de choses qui semblaient plongées dans les ténèbres, reparaîtraient à la lumière après sa mort !

» ..... Kennedy, prenant un mouchoir brodé d'or, lui en couvrit les yeux ; les bourreaux, la saisissant par les bras, la conduisirent vers le billot, et la reine, s'agenouillant, répéta plusieurs fois d'une voix ferme : « Seigneur, je remets mon âme entre vos mains ! » Mais les sanglots et les gémissemens des spectateurs troublèrent le bourreau. Il trembla, manqua son coup, et ne lui fit qu'une profonde blessure. La reine resta sans mouvement, et, au troisième coup, la tête fut séparée du corps. Lorsque l'exécuteur la releva, les muscles du visage s'étaient tellement contractés, que les traits n'étaient plus reconnaissables. Il s'écria, selon l'usage : « Vive la reine Elisabeth ! » — Ainsi périssent tous ses ennemis ! ajouta le doyen de Péterborough. — Ainsi périssent tous les ennemis de l'Evangile ! s'écria d'une voix forte le comte de Kent. — Pas une autre voix ne s'éleva pour répondre. L'esprit de parti avait fait place à l'admiration et à la pitié !

» Le corps de Marie fut embaumé, déposé dans un cercueil de plomb, et demeura six mois dans la même chambre, jusqu'au 1er août, époque à laquelle Elisabeth le fit enterrer avec toute la pompe royale dans l'église de l'abbaye de Péterborough. Vingt-cinq ans après, il fut transféré à Westminster par ordre de Jacques Ier (1).

» Elle demanda au bourreau qui devait lui trancher la tête, s'il était gentilhomme ; et comme il lui répondit que non, elle l'anoblit sur-le-champ, pour montrer par cet acte d'autorité, qu'elle était encore souveraine.

» Les catholiques mirent sur son tombeau une épitaphe latine, qui mérite d'être rapportée, et dont voici la traduction :

» Ci-gît Marie, reine d'Ecosse, fille de roi, veuve d'un roi de France, proche parente de la reine d'Angleterre, et l'héritière de son trône. Elle posséda des vertus et une âme vraiment royales. Elle fut frustrée des droits des souverains, par elle réclamés. On a vu cet ornement de notre siècle, cette lumière vraiment royale, s'éteindre par la cruauté tyrannique des Anglais, et par un jugement barbare. Par ce jugement inique et par la mort de Marie, reine d'Ecosse, tous les rois qui survivent, descendus au rang du peuple, sont frappés de la mort civile. C'est un nouveau et inattendu genre de tombeau, où les vivans sont enfermés avec les morts. Ci-gît, avec les cendres sacrées de Marie, la majesté de tous les rois et de tous les princes, violée et foulée aux pieds. Passant, je n'en dis pas davantage. Ce monument, tout muet qu'il est, parle assez, et avertit les rois de leur devoir ! (2) »

(1) Lingard, *Histoire d'Angleterre*, t. VIII, p. 334 à 340.

(2) *Histoire de Marie Stuart* (citée plus haut).